光文社文庫

長編時代小説

兄妹《きょうだい》氷《ひ》雨《さめ》

研ぎ師人情始末(五)

決定版

稲葉　稔

光　文　社

※本書は、二〇〇七年八月に光文社文庫より
刊行した作品を、文字を大きくしたうえで
さらに著者が加筆修正したものです。

目次

第一章　消えた住人　9
第二章　小石川《こいしかわ》馬場　48
第三章　脱　出　89
第四章　牢屋敷裏　130
第五章　朝駆け　173
第六章　仁王門の才助《さいすけ》　215
第七章　竈《へっつい》河岸　265

江戸川
音羽
護国寺
早稲田村
至板橋宿
江戸川橋
大塚
巣鴨
赤城明神
御納戸町
石切橋
神楽坂
若宮八幡宮
切支丹坂
御薬園
日光御成街道
中山道
小日向馬場
牛込御門
番町
傳通院
小石川
田安御門
白山
神明宮
元飯田町
駒込
小石川御門
水戸徳川家
春日町
水道橋
千駄木
神田川
本郷
道灌山
根津権現
霊雲寺
池之端七間町
福成寺
池之端仲町
根津門前町
日暮里
神田明神
根津宮永町
不忍池
湯島天神
昌平橋
湯島切通町
弁天
根岸
谷中
明神下
仁王門前町
筋違御門
上野元黒門町
寛永寺
東叡山
下谷広小路
内神田
和泉橋
外神田
神田佐久間町
佐久間河岸
御徒町
下谷金杉町
豊島町
新シ橋
向柳原
下谷山崎町
三味線堀
広徳寺
通塩町
柳原土手
左衛門河岸
右衛門町
平右衛門町
下谷竜泉寺町
幡随院
横山町
両国広小路
元鳥越町
猿屋町
甚内橋
浅草橋
茅町
米沢町
新吉原
阿部川町
両国橋
柳橋
御蔵前片町代地
新堀川
日本堤
尾上町
駒留橋
大川
旅籠町
東本願寺
回向院
首尾の松
御米蔵
御蔵前通り
日光道中
亀沢町
御蔵前
浅草寺
奥山
浅草
小塚原
御竹蔵
御厩河岸之渡し
浅草広小路
雷門
山谷町
駒形町
浅草観音
新鳥越橋
山谷堀
ツ目之橋
南割下水
駒形堂
浅草
花川戸町
揚場
本所
竹町之渡し
吾妻橋
今戸橋
今戸町
竹町
中之郷
白鬚之渡し
北割下水
瓦町
中之郷
源森橋
源森川
小梅村
三囲稲荷
向島墨堤
長命寺
木母寺
ツ目之橋
大横川
法恩寺橋
中之郷八軒町
寺島村
業平橋
亀戸村
小梅村
押上村
ツ目之橋
天神橋
十間川
柳島村
亀戸天神

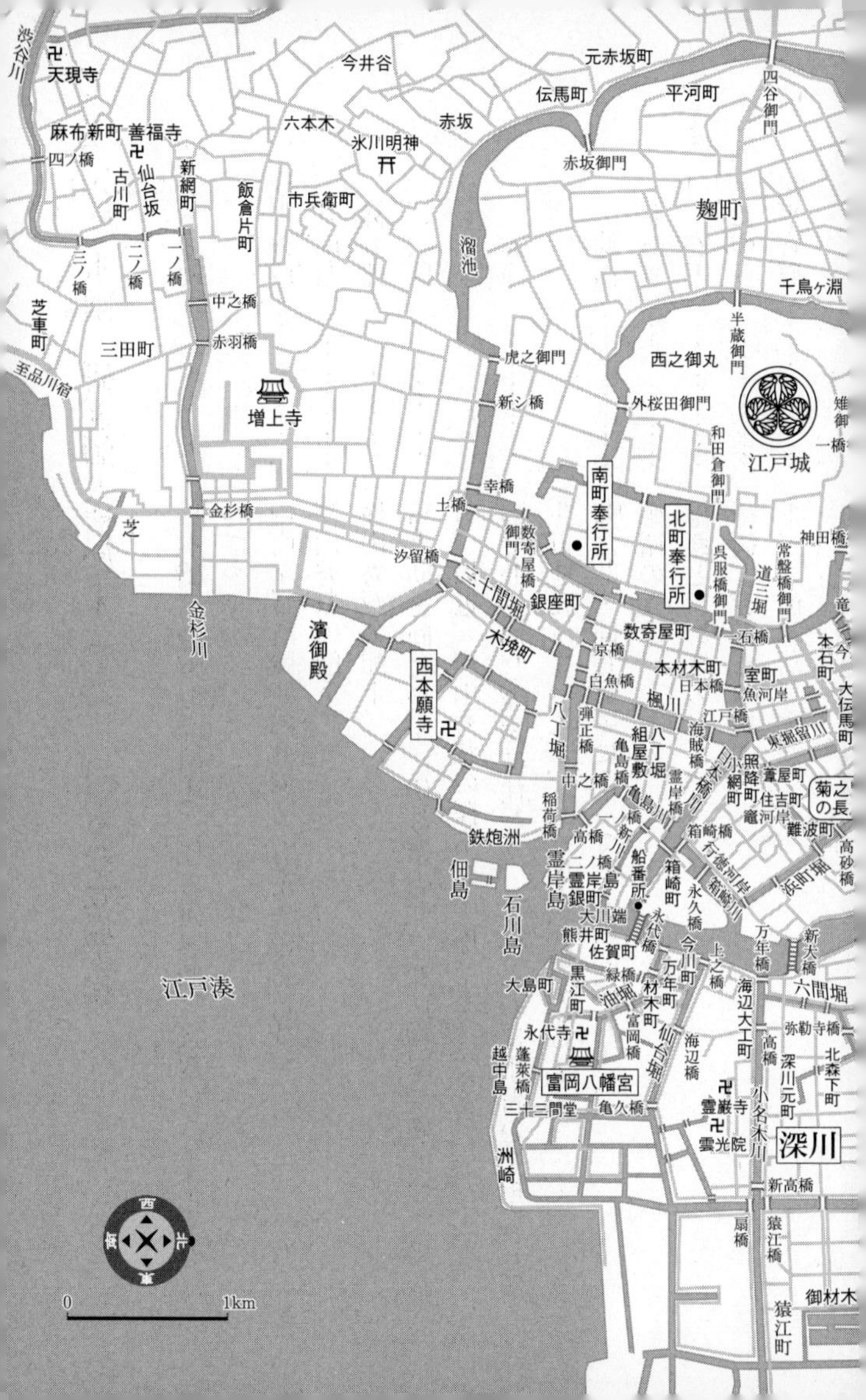

渋谷川
天現寺
今井谷
元赤坂町
伝馬町
平河町
四谷御門
麻布新町
善福寺
六本木
赤坂
氷川明神
赤坂御門
四ノ橋
古川町
仙台坂
新網町
飯倉片町
市兵衛町
麹町
溜池
三ノ橋
二ノ橋
一ノ橋
中之橋
千鳥ヶ淵
芝車町
三田町
赤羽橋
虎之御門
西之御丸
半蔵御門
至品川宿
増上寺
新シ橋
外桜田御門
雉子橋
和田倉御門
江戸城
南町奉行所
幸橋
土橋
金杉橋
北町奉行所
芝
御門
数寄屋橋
神田橋
汐留橋
呉服橋御門
常盤橋御門
道三堀
三十間堀
銀座町
金杉川
濱御殿
木挽町
数寄屋町
一石橋
本石町
京橋
本材木町
室町
西本願寺
白魚橋
日本橋
魚河岸
大伝馬町
八丁堀
楓川
江戸橋
東堀留川
弾正橋
組屋敷
八丁堀
海賊橋
小網町
照降町
葺屋町
菊之の長
亀島橋
日本橋川
中之橋
霊岸橋
住吉町
稲荷橋
亀島川
箱崎橋
河岸
難波町
一ノ橋
新川
高橋
行徳河岸
高砂橋
鉄炮洲
二ノ橋
船番所
箱崎町
箱崎川
浜町堀
佃島
霊岸島
霊岸島
銀町
永久橋
石川島
大川端
永代橋
万年橋
新大橋
熊井町
佐賀町
今川町
上之橋
六間堀
黒江町
緑橋
万年町
海辺大工町
大島町
油堀
材木町
江戸湊
富岡橋
仙台堀
弥勒寺橋
永代寺
高橋
北森下町
越中島
蓬莱橋
海辺橋
深川元町
富岡八幡宮
霊巌寺
三十三間堂
亀久橋
小名木川
雲光院
深川
洲崎
新高橋
西
南
北
東
扇橋
猿江橋
御材木
0
1km
猿江町

おもな登場人物

「兄妹《きょうだい》氷雨《ひさめ》　研ぎ師人情始末（五）」

荒金菊之助……日本橋高砂町の源助店に住む研ぎ師。父親は八王子千人同心だった。

横山秀蔵……南町奉行所臨時廻り同心。菊之助の従兄弟。

五郎七……横山秀蔵の配下。

甚太郎……横山秀蔵の配下。

次郎……菊之助と同じ長屋に住む箒売り。瀬戸物屋「備前屋」の次男。最近、横山秀蔵の探索を手伝うようになる。

志津……菊之助と同じ長屋に住む女。子供たちに手習いを指導して生計をたてていたが、菊之助と祝言を挙げた。

徳衛……菊之助と同じ長屋に住んでいる紙問屋の手代。

おあき……徳衛の女房。

安吉……徳衛とおあきの息子。

おゆう……徳衛とおあきの娘。

松平斉厚……上野国館林藩藩主。

兄妹《きょうだい》氷《ひ》雨《さめ》——〈研ぎ師人情始末〉(五)

第一章　消えた住人

一

徳衛《とくえ》はかじかむ手に、息を吹きかけた。

「なぜ、なぜ、こんなことに……」

つぶやく声は寒さに凍《こご》えていた。いや、恐怖のせいかもしれない。

そこは暗かった。厚い板壁で囲まれており、どこをたたいても蹴っても、ビクともしなかった。出入口の扉も頑丈《がんじょう》にできており、自分の力ではどうにもならなかった。

土間は冷たく、朝夕の冷え込みは耐え難いものがある。早く出してほしかった。

しかし、いくら釈明《しゃくめい》をしても、相手は自分の言い分を無言で聞き流すだけだった。蔵のなかはがらんとしており、寒々しかった。小さな風入れからかすかな日の光が入り込むだけで、夜になれば漆黒《しっこく》の闇《やみ》が訪れた。

徳衛は足先を重ねてこすり合わせた。それではもの足らず、かじかむ足の指に息を吹きかける。気休めでしかなかった。日がな一日立ったり座ったりを繰り返し、ひたすら寒さと戦うしかない。

わめいたり叫んだりしても無駄だとわかった徳衛は、体力の衰えるにまかせ、あきらめの境地に入ったりもしたが、妻や子のことがふいに脳裏に蘇《よみがえ》る。

「……おあき」と妻の名を呼び、「安吉《やすきち》、おゆう」と、子供の名をつぶやいた。

目の縁に盛りあがった涙が頬をつたった。

会いたい、早くここを出て家族に会いたいと心の底から切《せつ》に願った。

なぜ、あの男たちはこんなことをするのだ。わたしは何も聞いていないし、何も知らないのに……。

それは三日前の晩、店の番頭に誘われて入った料理屋でのことだ。

その前の日、徳衛は女房のおあきと些細《ささい》なことで口論していた。翌朝は互いに口も利《き》かなかった。その日の仕事を終え、酒好きの番頭の誘いを受けたのは、そんなことがあったからだった。

徳衛は番頭行きつけの料理屋に入り、酒を飲みながら、女房に対する愚痴《ぐち》を聞いてもらった。

聞き上手の番頭は徳衛に理解を示してくれたが、そのうち酔ったから先に帰ると席を立った。徳衛はまだ帰る気にならず、

「番頭さん、わたしはもう少し飲んでから帰ることにします。どうぞお先に」

「そうかい。ともかく早く仲直りすることだね。どこの家でもよくあることだから、そう気に病《や》むことはないだろう。それじゃ、わたしはお先に……」

ひとりになった徳衛は、すっきりしない気持ちのまま鬱々《うつうつ》として酒を飲んだが、盃を重ねてもさほど酔いはまわらなかった。

小座敷の前で足を止めたのは、厠《かわや》に立ったときだった。その座敷からひそめられた声が聞こえてきたから、気になっただけである。そのとき、いきなり襖《ふすま》が開き、ひとりの侍と目が合った。その厳しい目に、はっとなった徳衛は、そそくさとその場を離れ厠に行ってから店を出た。

声をかけられたのは、それからすぐのことだった。

「おぬし、盗み聞きをしておったな」

「いえ、わたしは何も……」

全部をいい終わる前に、侍は風のように近づくなり、徳衛の腹に拳《こぶし》をめり込ませた。一瞬にして徳衛は気を失い、気づいたときは暗い蔵のなかだった。

それから丸二日がたっていた。いや、三日か……。

壁の一点を凝視《ぎょうし》する徳衛は、そんなことはどうでもいい、ともかく一刻も早く家に帰りたいと思った。

「……早く帰りたい」

必死の思いを口にして、蔵のなかを見まわした。ときどき、家畜の臭いを嗅《か》ぐことがあった。今も風入れの窓からそんな臭いがしてきた。

おそらく馬小屋の近くだろう。徳衛は何度も蹄《ひづめ》の音を聞いていた。それじゃ、いったい自分はどこにいるのだ。自問自答してもわかることではなかった。

扉の向こうに足音がした。海老《えび》のように体を縮こまらせている徳衛は、はっとなってそっちを見た。

閂《かんぬき》の外される音がして、扉が軋《きし》んで開いた。

例の侍が入ってきた。ゆっくりした足取りだ。

「……帰していただけるんですね」

震える声で懇願《こんがん》するように相手を見たが、侍はゆっくり首を振った。その顔は暗い影になっており、はっきり見ることはできなかった。ただ、光る双眸《そうぼう》が見えるだけだった。

「わたしは何も知らない、何も聞いておりません。嘘ではございません。本当です。どうか帰してもらえませんか、お願いです」

「残念だが……」

侍はうめくような声を漏らして、一歩足を進めた。徳衛は顔をこわばらせて相手を見た。侍は、また、一歩近づいてきた。

「……おまえを帰すわけにはまいらぬのだ」

「な、なぜでございます。わたしが何をしたというのです！」

侍が刀をするりと抜き払った。徳衛は体を凍りつかせた。

「仕方がないのだ」

侍はそう口にするなり、刀を一閃《いっせん》させた。

直後、徳衛は自分の首に衝撃を覚えた。何がどうなったのかわからなかった。首の付け根に熱いものが迸《ほとばし》っている。徳衛は首に手を持っていこうとしたが、急激に意識が遠のき、すべてが暗黒に包まれていった。

かっと目を見開き、口を二度三度動かしただけで、前に倒れ込んだ。徳衛は土間の冷たさを感じることもなく、そのまま果てた。

二

十月最初の亥《い》の日を、「玄猪《げんちょ》」という。

この日は万病を祓《はら》い、多産の猪《いのしし》にならい子孫繁栄を希《こいねが》う。江戸市中の町屋では牡丹餅《ぼたもち》を食べるのが、昔からの習いとなっていた。

高砂町《たかさごちょう》にある源助店《げんすけだな》の住人が、晴れてめでたく同じ屋根の下に住むようになったのも玄猪の日だった。

その住人とは、研《と》ぎ師《し》の荒金菊之助《あらがねきくのすけ》と、細々ながら手習いの師匠をやっているお志津《しづ》であった。菊之助が三十四、お志津はちょうど三十路《みそじ》に入ったばかりだ。

菊之助の妻帯はこれが二度目、お志津は初婚であるが、菊之助だけにはこっそり打ち明けていることがあった。それは好きな男に裏切られ、以来、独《ひと》り身《み》を通してきたということだった。

二人は格式張った祝言《しゅうげん》はあげず、神田明神《かんだみょうじん》で簡単な夫婦の契《ちぎ》りを交わし、その後、長屋の住人たちに挨拶をすます程度にとどめていた。

だが、長屋の住人は口さがなく、しばらくの間は二人とも冷やかされどおしであった。

その日は朝から天気のよい小春日和《こはるびより》だった。菊之助はそれまで北側筋の、あまり日当たりのよくない家に住んでいたが、今は南側筋の明るいお志津の家に移っていた。

朝餉《あさげ》をすませた菊之助は縁側で一服しながら、初冬の空を眺めている。

「菊さん」

お志津の声で菊之助は振り返った。二人はいまだに、「お志津さん」「菊さん」と呼び合っている。

「なんだい？」

「やはり、読み書きの手習いだけ断ることにします」

二人は昨夜《ゆうべ》からそのことについて話し合っていた。いい出したのはお志津のほうで、夫婦の家に他人があまり多く出入りするのは考えものだというのだ。菊之助は、自分は気に留めないといったが、お志津はそうではなかった。

「お志津さんがそう決めるのだったら、それでいいだろう」

「それじゃ、そういたします」

朝の光がお志津の色白の細面《ほそおもて》をまぶしく輝かせていた。

「ただ、小唄《こうた》の稽古はこのままつづけようと思います。習いに来る人もそう多くありませんし……」

「よいではないか。わたしはいっこうにかまわない」

「あとで小言はいわないでくださいよ」

菊之助はくすっと、笑いを漏らした。

「小言などいわぬさ。お志津さんが決めたことに、とやかくいうつもりは毛頭《もうとう》ない」

「ほんとですよ」

「……約束するよ」

菊之助が頬をゆるめて応じたとき、戸口で声がした。

「邪魔するぜ」

声で横山秀蔵《よこやまひでぞう》だとわかった。

「何だ、こんな朝早くから」

「新婚の家に夜遅くくるよりはいいだろう」

秀蔵は減らず口をたたきながら、お志津にうながされて居間にあがり込んできた。黒紋付きの羽織を着た八丁堀同心《はっちょうぼりどうしん》である。きりりと吊り上がった眉に、涼しげな目。鼻筋も通っており、すらりと背も高い。

いつ見ても眉目秀麗《びもくしゅうれい》な男で強面《こわもて》ではないが、町奉行所内では一目《いちもく》置かれる存在である。そんな男がなぜ研ぎ師あたりの家に気安く出入りするのかと、何も知らないものは思うが、じつは菊之助の従兄弟《いとこ》なのである。幼いころは互いの家を親密に往《い》き来《き》した仲だ。

「何用だ」

菊之助はお志津から湯呑みを受け取った秀蔵を見た。

「用がなきゃ来ちゃいけないかい」

「相変わらず、おまえのその口は達者だな」

「それはお互い様だ」

そばにいるお志津が、二人のやり取りに噴《ふ》き出しそうになっている。

「まあ、それはともかく、だいぶ落ち着いたようだな。お志津さんも、何となく女房らしくなってきた。こいつが亭主面《づら》して生意気なことをいったら、遠慮なんかいりませんよ」

秀蔵は家のなかを見まわしてから、お志津に顔を向けた。

「そんなことは……」

「それで今日はどうした？」

菊之助が遮《さえぎ》っていった。

「外《ほか》でもねえ、おまえに仕官《しかん》の口を探してやろうと思ってな。こうやってめでたくいっしょになったんだ。いつまでも研ぎ師稼業をつづけるわけにもいくまい」

「そういうことか。だったら断る。自分のことは自分で考えるから、余計な口出しは遠慮願おう。……だが、何かいい口でもあるのか」

「まったくおまえって野郎は……人がせっかく心配してやってるっていうのに」

秀蔵はずるっと茶を飲んでから言葉を継いだ。

「知り合いの旗本《はたもと》が用人《ようにん》を探しているんだ。おまえだったらどうかと思ったんだが……その気はないようだな」

「用人か……」

少し気持ちが動きそうになったが、菊之助はそれを悟られまいと、お志津に茶のお代わりを所望《しょもう》した。

「三千石《ごく》取りの寄合肝煎《よりあいきもいり》だ」

寄合とはわかりやすくいえば三千石以上の無役《むやく》の大身《たいしん》旗本で、肝煎はその旗本たちを統括しており、役職に空きができれば推薦《すいせん》する世話役である。よって、職を得ようとする無役の旗本からの付け届けが多い。

その用人ともなれば、かなりの収入を得られるのは間違いない。だが、菊之助は今さら堅苦《かたくる》しい武家社会に戻る気はしなかった。市井《しせい》の空気に馴染《なじ》んでもいるし、何より今の暮らしに満足していた。もっとも、御家人《ごけにん》株はそのまま持っているので、秀蔵の話に乗ることはできるのではあるが。

「やはり遠慮しておこう」

「……そうか。まずはおまえにと思って話を持ってきたのだが、仕方ないな」

「すまんな」

「気にすることはねえさ。これがおまえの生き方なんだろうからな。さてさて、用事はこれでなくなった」

秀蔵はそういって立ちあがりかけて、

「一度二人でいっしょに、おれの家に飯でも食いにこないか。遠慮することはないから……」

「近いうちに呼ばれることにしよう」

「お志津さん、是非おいでください。それでは」

秀蔵はそれだけいうと、颯爽《さつそう》と出て行った。

見送ったお志津が表から帰ってきて、

「もったいないお話だったのではございませんか……」

と、少し残念そうにいった。

「これでいいんだ。今のわたしに、大身旗本の用人など務まるはずがない。このままの暮らしで十分だ。さてさて、そろそろ仕事に行くか」

菊之助は軽く腰をたたいて三和土《たたき》に下りた。それから思い出したようにお志津を振り返った。

「……お志津さん、たしかにもったいない話だった。しかし、受ければお志津さんに、堅苦しくて窮屈《きゆうくつ》な思いをさせる。そんなことは願い下げだ。わかってくれるね」

そういってやると、お志津の頬が嬉しそうにゆるんだ。

三

「だが、もったいない話だったな」

家を出てから菊之助はつぶやきを漏らして、空を仰いだ。だが、用人など自分に務まるはずがないと、あらためて思い直した。用人は家中の庶務や出納《すいとう》を扱い、ときに主人の重要な仕事を代行することもある。

「やはり、無理だな……」

そういって歩きだしたが、秀蔵の厚意は嬉しかった。

菊之助は北側筋の長屋に入ると、まっすぐ自分の仕事場に向かった。以前寝起きしていた九尺二間《くしゃくにけん》の住居だ。

戸口横の柱にはお志津が作ってくれた看板が掛かっていた。

「御研ぎ物」と大書された横に小さく「御槍　薙刀《なぎなた》　御腰の物　御免蒙る《こうむ》」とある。もうそこに掛けて、二年近くになる。風雨にさらされた板は燻《いぶ》されたような色になっているが、いい具合に重みを感じさせた。

看板が少しかしいでいたので、菊之助は直してから家に入った。

ふうと息を吐き、蒲《がま》の敷物に腰をおろし、手焙《てあぶ》りに火を入れる。それから砥石《といし》や半挿《はんぞう》、盥《たらい》などを使いやすいように置き、晒《さらし》をめくって注文の包丁を手にした。

「菊之助」

ふいの声に顔をあげると、さっき会ったばかりの秀蔵である。

「どうした」

「気になって戻ってきたんだ」

秀蔵は腰高障子《こしだかしょうじ》を閉めて、上がり口に腰をおろした。

「さっきの話、受けてくれれば、それはそれでよかった。だが、おまえが受けるといったら少し困ると思ってもいた」

菊之助は眉を動かして秀蔵の横顔を見つめた。

「おまえが断ってくれたことで、おれも肚《はら》を決めた。これからも、おれの役目の助《すけ》をしてくれ」

「……それはいいか？」

秀蔵の顔が振り向けられた。二人の視線がからまった。

なるほどと菊之助は思った。これまで何度か秀蔵の探索《たんさく》の手伝いをしている。危険なこともあった。だが、妻帯したことで秀蔵は気を遣っているのだ。

その気遣いが菊之助は嬉しかった。だから、口の端にやわらかな笑みを浮かべていってやった。

「おまえとは兄弟みたいなものだ。役に立てることがあれば、これまでどおりやってやる」

「そうか。……それを聞いて安心した」

いや、よかった、と秀蔵はほっと息をついて膝をたたいた。

「それじゃ菊之助、また顔を出す」

「うむ」

二人は目顔《めがお》でうなずいた。

秀蔵が出ていっても、菊之助はしばらく仕事にかからなかった。預かった包丁を見るともなしに見て、手焙りに手をかざした。

井戸のほうから長屋の女房連中の笑い声が聞こえてきた。

「あいつ、あんなことを、わざわざ……」

つぶやいた菊之助は、ふっと苦笑を漏らして、ようやく仕事に取りかかった。

大工・熊吉《くまきち》の女房おつねが訪ねて来たのは、包丁を一本研ぎあげたときだった。

長屋一番のおしゃべりで噂好きの女だ。

お志津と一緒になったとき、一番からかったのもおつねだったから、

「どうした？」

と、菊之助は下ぶくれのおつねを見て、わずかに身構えた。

「気になるんだよ。菊さんは気づいていなかったかい、徳衛さんの家のこと？」

「徳衛……」

菊之助がお志津と一緒になったその日、越してきた男だった。会津屋《あいづ》という紙問屋の手代《てだい》で、おあきという女房の他に、安吉とおゆうという二人の子があった。

「徳衛がどうした？」

「あの人、ここしばらく顔を見ないと思っていたら、おあきさんも見ないんだよ。二日ばかり安吉とおゆうちゃんだけで留守番しているみたいなんだけど、食うものも食っていないみたいで……」

「それはまたどうして……」

菊之助は安吉とおゆうの顔を思い浮かべた。二人とも素直で可愛い子だ。

「どうしてって、それはよくわからないんだけどね。ひもじそうに腹空《す》かして、家のなかにじっとしてるんだよ。昨夜もそうだったから、今朝方、にぎり飯を作って行ったんだけど、やはり徳衛さんもおあきさんもいなくてね」

「おっかさんとおとっつぁんはどうしたんだいと訊《たず》ねても、黙って首を振るだけでねえ。こりゃあ、ひょっとしたら子供を置いて逃げたんじゃないかって、みんなで話していたところなんだよ。何しろあの家は越してきたばかりでよくわからないだろ」

「ふむ……」

「子供を置いて逃げる親はいないだろう」

菊之助は研ぎにかかった包丁を置いて、前掛けを外した。

「でも、もし、そうだったらどうするのさ。現に親はいないんだよ」

「よくわからないが、行って訊ねてみよう」

「そうしてくれますか。何だかだんだん気になってきてね、こんなことは菊さんに相談するのが一番だってみんながいうんだよ」

「わかった。行ってみるから、あまり騒ぐな」

徳衛の家は長屋の木戸に近いところにあった。菊之助が声をかけると、安吉が元気のない顔で戸障子を開けてくれた。奥に目を向けると、おゆうが柱に背中を預けていた。その顔はどことなくうつろで、やはり元気がない。

「おとっつぁんとおっかさんはどうした」

安吉は、キュッと口を引き結んだまま首を横に振る。

「二、三日戻っていないと聞いたので気になってな。それで、どこに行ったんだ？」

「……わからない」

安吉は一度足許《あしもと》に視線を落としてから、そう答えた。

菊之助は眉根《まゆね》を寄せた。

「わからないということはないだろう。おっかさんは出かけるとき、何かいっていなかったか？」

「おとうを捜してくるって……」

答えたのは、おゆうだった。

「おとうを……どこへ捜しに行くといった？」

おゆうは力なくかぶりを振った。

菊之助は土間に足を踏み入れ、後ろ手で戸口を閉めた。家のなかは火の気がなく寒かった。見れば、おゆうはかすかに震えている。炬燵《こたつ》はないのかと、狭い家のなかに視線をめぐらしたが見あたらなかった。

「おゆう、寒そうだな。震えてるじゃないか。そこにある褞袍《どてら》を羽織っておけ。

風邪ひいちまうぞ」

菊之助はそういって、届くところにある褞袍をつかみ、それからおゆうの肩に掛けてやった。父親のものらしく、かすかに煙草《たばこ》の匂いがした。

「飯は食ったのか？」

今度は安吉に聞いた。

「朝、おつねさんからにぎり飯をもらって食った」

「昨夜は？」

食っていないと安吉は首を振る。

「一昨日《おとと》から食べていないの」

おゆうが褞袍を羽織り直して答えた。

気になった菊之助は、幼い二人に質問を重ねていった。それでようやくある程度のことがわかった。

父の徳衛と母おあきは何日か前に夫婦喧嘩をしたそうで、その翌日から徳衛が帰ってこなくなったらしい。帰ってこなくても、おあきは何もいわなかったが、翌日も帰ってこないので、さすがに心配になったらしく、三日目の朝に徳衛を捜しに出たそうだ。だが、おあきもそのまま帰ってこないという。

あらかたのことを聞いた菊之助は家のなかを見まわした。子供を置き去りにして出ていったわりには、夫婦の持ち物はそのままのようだ。

徳衛は店に出たまま帰宅していないのだから、おあきは当然店を訪ねているはずだ。

「おとっつぁんの店は、通町《とおりちょう》の会津屋って紙問屋だったな。二人は店のほうに行ってみたかい？」

行っていないと、二人は口を揃《そろ》える。

「それじゃ、じっと、おとっつぁんとおっかさんの帰りをただ待っていただけか……」

菊之助は独《ひと》り言《ごと》のようにいって、幼い二人を眺めた。

「よし。それじゃ、おじさんがこれからおまえたちの親を捜しに行ってこよう。腹が減ったら、何か好きなものでも食べるんだ」

二人に小遣いを渡した菊之助は、その足で日本橋《にほんばし》通町三丁目にある紙問屋の会津屋を訪ねたが、

「それじゃ、おあきさんもいなくなったとおっしゃるのですか？」

菊之助の話を聞いた庄次郎《しょうじろう》という番頭は、意外そうな顔で驚き、言葉を足し

た。

「無断で店を休んでいた徳衛のことは気になっていたのですが、三日目の朝に女房のおあきさんが訪ねてこられたので、驚いていたのです。いったい徳衛はどこへ行ってしまったのかと……しかし、どういうことでしょうか……」

「それはこっちが聞きたいことだ。手代がいなくなったというのに、店は心配していなかったのか？」

菊之助は少し咎《とが》める口調で庄次郎をにらんだ。

「もちろん心配はいたしておりましたが……徳衛にかぎって長く休むとは思っておりませんでしたので……」

「ずいぶん悠長《ゆうちょう》だな。ともかく家には腹を空かした子供がいるんだ。二人の行く先に心当たりはないか？」

庄次郎は首をかしげるばかりだった。

菊之助は納得のいかない顔で源助店に戻ったが、それからしばらくして大変なことがわかった。

「なんだって？」

驚かずにはいられない話を持ってきたのは次郎《じろう》だった。急いで駆け戻ってきたらしく、荒い息をしながらも早口でまくし立てたのは、徳衛の死体が神田川に浮いていたということだった。

「おいらもおつねさんから、ちらっと聞いていたんで、最初はまさかと思ったんです。ですが、どうも徳衛さんのようなんです」

「それじゃ、徳衛は殺されていたってことか……」

菊之助は壁の一点を凝視した。

「今に町方《まちかた》の旦那衆がやってきますよ」

次郎がそういう間もなく、長屋の路地に騒がしい声が響いた。

四

長屋に駆けつけてきたのは町奉行所の同心だった。小者《こもの》と岡っ引きを従えていた。がらりと徳衛の家の戸を開けると、幼い二人の子供を見てから声をかけた。

「おとっつぁんはいるかい？」

安吉とおゆうは、同時に首を横に振った。

「おっかさんはどうした？」

安吉は一度おゆうを見てから、

「おとうを捜しに行った」

と、力ない声で答えた。

「捜しに行った？」

同心が怪訝《けげん》そうに眉をひそめたとき、菊之助が割り込んだ。

「いったい何があったんです？」

声をかけられた同心が振り返り、菊之助の顔を品定めするように見た。四十半ばと思われる男で、人を疑《うたぐ》ることしか知らなそうな吊り目をしていた。

「おぬしは？」

「この長屋のものです。そこで細々と研ぎ師をやっております」

「徳衛というのは、この家のものだな」

「そうです。神田川の件でしょうか？」

吊り目の上にある眉がぴくりと動いた。なぜそれを知っているのかという顔になった。

「今し方その話を聞いたばかりなんです。ごらんのように家には子供しかおりません。わたしでよければ話を……」

同心は逡巡《しゅんじゅん》した。

「相手は子供です。話していいこととよくないことがあるはずです」

「……よし、いいだろう」

同心はそういうと、路地奥の広場に足を進めた。何の騒ぎだと集まってきた長屋の連中が、菊之助と同心のあとをぞろぞろとついていった。岡っ引きと小者がついてくるなと野次馬《やじうま》を追い払おうとするが、好奇心旺盛《おうせい》な女房連中はひるまない。

「神田川で死体が揚がったんだが、検《あらた》めたところ、この長屋に住まう徳衛というものらしいのだ。それで家のものに検分してもらいたいのだが……」

広場についたところで、同心は振り返っていった。

「わたしにやらせてもらえますか。徳衛の顔は見ればわかります。子供には酷《こく》な役目です。もし、実の父親だったら可哀想ではありませんか……」

「……よし、いいだろう。ついてこい。それで、おぬしの名は？」

「荒金菊之助と申します」

同心は片眉をぴくっと動かして、浪人かと蔑《さげす》んだ目を寄こした。

「……旦那は？」

「北町奉行所定町廻《じょうまちまわ》り同心の中山周次郎《なかやましゅうじろう》だ。ついてこい」

菊之助は、尖《とが》った顎《あご》をしゃくった中山に従って長屋を出た。

次郎が追いかけてきて、そばについた。ずいぶん横柄《おうへい》な町方ですねと、耳打ちする。

菊之助は、あんなもんだろうと、そっけなく応じてから、

「おまえどうやって、この件を？」

と、次郎を見た。

「神田界隈《かいわい》を流していたら、昌平橋《しょうへいばし》のたもとに死体が揚がったという騒ぎがあったんで、のぞきに行ったんです」

「それで死体を見たのか？」

「筵《むしろ》をかけられてましたから、顔は見えませんでした」

「それじゃ、なぜ徳衛だと？」

「死体の懐《ふところ》にあった巾着《きんちゃく》に、油紙に包まれた質札《しちふだ》があったんです。それに徳衛さんの名があったようで……詳しいところはわかりませんが……」

「断って死体を検めればよかったのだ」

「何だかおっかなくって……」

次郎はばつが悪そうに頭を掻いた。今年ようやく二十歳《はたち》になるそそっかしい男で、まだ青さが抜け切れていない。それでも、横山秀蔵の手先として動くことがある。普段は箒《ほうき》を売り歩いているが、本所尾上町《ほんじょおのえちょう》にある瀬戸物屋の次男坊だ。家を飛び出したのは、兄とそりが合わないという単純なことだった。

中山周次郎が連れて行ったのは、湯島横町《ゆしまよこちょう》の自身番《じしんばん》だった。菊之助は早速裏庭に廻された。断りを入れて次郎も検分役に付き合わせた。

「それじゃ、検めてもらおう。おい」

中山が尊大《そんだい》な素振りで小者に顎をしゃくると、死体にかけられていた筵がめくられた。

菊之助は時間が止まったように、その死に顔を見つめた。

そばの柿の木で百舌《もず》が鳴いていた。

「これは、徳衛じゃありませんよ」

菊之助がそういえば、次郎も、

「徳衛さんじゃないですね」

中山はこめかみの皮膚を、ぴくっと動かした。

「徳衛じゃない？　まことか？」

「まったくの別人です。徳衛はもっと若いし、こんな小柄じゃありません。顔もまるきし違います」

菊之助の証言に、次郎も同じような言葉を添えた。

「おかしいな。それじゃ、巾着にあった質札はどういうことだ」

中山は顎をさすって考えた。

「差し支えなかったら、その質札を見せてもらえますか」

中山は訝《いぶか》しげな目を向けてきた。

だが、何かわかるかもしれないという菊之助に折れた。

質札は難波町《なにわちよう》にある河野屋《こうの》という質屋のものだった。担保は反物《たんもの》で、一両を月に銀三分《ぶ》の利子で借りていた。質札は、いわゆる借用証文であり、それには借り主の名前と住所が書かれている。

質札はたしかに徳衛のものだが、死体は徳衛ではない。

「どうだ、何かわかったか？」

中山が質札を検めていた菊之助をのぞき込むように見た。

「いえ、何も……」

「何だ、思わせぶりなことをしやがって。どれ返せ」

中山は菊之助から質札をひったくった。それから、遠くの空を見あげた。

「ひょっとすると、こいつは掏摸《すり》かもしれぬな」

中山は顎をさすりながらそういって、

「おぬしらはご苦労だった。あとはこちらで調べるが、何かわかったらすぐに近くの番屋に知らせるんだ」

菊之助と次郎は、そうするといって自身番を出た。

五

長火鉢の炭がぱちっと爆《は》ぜた。

「徳衛さんでなくてよかったけれど、でも、どうなっているのかしら？　徳衛さんもおあきさんもいなくなるなんて……」

「うむ、どうなっているのか……」

菊之助は猪口《ちょこ》の酒をなめた。

湯島横町の自身番から長屋に帰ったときも、徳衛とおあきの姿はなかった。安吉とおゆうは今夜も二人で、親を待っている。そのことを思うと、菊之助は胸が苦しくなった。

「お志津さん、あとで二人に何か持っていってあげなさい」

「そのつもりです。おにぎりだけでは体がもたないでしょうから、魚の煮付けとご飯を差し入れるつもりです。家に呼んだんですけど、あの二人、おとうとおっかあを待っていると、けなげなことをいって……」

お志津はそういって目尻の涙を指先でぬぐった。安吉とおゆうを不憫《ふびん》に思う気持ちは、誰しも同じである。

「それじゃ、早く持っていってあげたがいいだろう」

「そうしますわ」

台所に下がったお志津を見送った菊之助は、猪口の酒をあおった。

暮れ六つ（午後六時）を過ぎたばかりだが、夜の帳《とばり》は下りている。外には冷たい風が吹いているだけだ。

さっきから戸板がコトコトと小さな音を立てていた。

お志津が差し入れを持って家を出て行くと、菊之助は火鉢の炭をいじりながら、昼間急ぎの仕事を片づけたあとで安吉とおゆうを訪ねたときのことを思い返した。

「おとっつぁんとおっかさんは、喧嘩をしたらしいが、おまえさんたちは知っているかい？」

二人とも知っていると、こくりとうなずき、おゆうがその件を話した。

「おとうが質屋に行ったから、おっかあが怒ったんだよ」

やはり、あの巾着にあった質札は徳衛のものだったようだ。

「なんといって怒ったんだい？」

「おっかあは着物が作れないといってた」

「それじゃ、おっかさんの反物をおとっつぁんが勝手に質屋に持っていったんだな」

「うん」

「おっかさんはおとっつぁんを捜しに行ってるというが、どこへ行ったかわからないか？」

おゆうは答えられず、助けを求めるように安吉を見た。

「おいらもわからない。でも、おとうもおっかあも帰ってくるんだよね」

そういった安吉は、澄んだ目に涙を溜《た》めていた。

もちろん帰ってくるよと、菊之助は励ますために力強くいって微笑《ほほえ》んでやった。

「菊さん」

戸口で次郎の声がして、菊之助は我に返った。

「開いてるから入りな」

次郎といっしょに入ってきた冷たい風が、燭台《しょくだい》の炎を揺らした。

「お志津さんは？」

「安吉の家だ。それよりどうだった？」

「へえ、あれこれ聞いてきましたが、会津屋の番頭は自分と酒を飲みに行った明くる日から徳衛さんが店に来なかったといってます」

「何という番頭だ？」

「庄次郎といってました」

菊之助は昼間会った男だと、庄次郎の顔を思い浮かべた。あのときもっと突っ込んだことを聞いておくべきだった。次郎は話をつづけた。

「飲みに行った晩、番頭は先に帰ったらしいんですが、徳衛さんはもう少し飲みたいといって残っていたそうです。それで、明くる日徳衛さんが店を休んだのは、宿酔《ふつかよい》だろうと思って、ほうっておいたといってます」

「そうか。……だが、翌日も徳衛は店に出なかったんだ」

「へえ、それも聞きましたが、その日、店は休みだったそうです」

「休みだった？」

菊之助は眉根を寄せた。

「その日は十五日です。休む店は多いですから……」

たしかにそうである。江戸の商家の多くは一日と十五日を休みにしている。

「すると、番頭と飲んだ明くる日は宿酔と思われ、その翌日は店が休み。そして三日目の朝におあきさんが店を訪ねたってことか」

「そうなります。それから、もうひとつわかったことがあります。神田川に浮かんでいた死体は、あの町方の旦那がいったように掏摸《す》だったそうです」

「すると、徳衛はその掏摸に巾着を掏り取られていたということか……」

「町方はあの掏摸が〝仕事〟でヘマをして、誰かに斬られたんだろうと話してました」

「ふむ。あり得ることではあるな」

菊之助は酒を注《つ》ぎ足した猪口を口に持っていって止め、燭台《しょくだい》の炎を見つめた。

「問題は徳衛とおあきがどこにいるかなのだが……」

「大事なのはそこですね。それでどうしやす？」

次郎が身を乗り出してきた。

「子供がいるんだ。捜すしかないだろう。おまえも手伝うんだぞ」

「合点《がってん》承知の助《すけ》です。まかしてください」

次郎はおどけた口調で応じた。

六

お志津が戻ってきたのは、次郎が帰ってから小半刻《こはんとき》（三十分）ほどあとだった。

「遅かったではないか」

「それが、なかなか食べようとしないんです」

「食べない？」

菊之助は弱り切った顔をしているお志津を見た。

「お腹が空いているはずなのに、おとうとおっかあに会いたいと繰り返すばかりで……」

「食うものを食わないと体が参ってしまう。困ったな。どれ、わたしが行ってこよう」

「その必要はありませんよ」

お志津が腰をあげかけた菊之助を止めた。

「なぜだ？」

「そこで会津屋の番頭さんにお会いしたんです。徳衛さんの子供のことが心配なので、親が見つかるまで家のほうで預かるとおっしゃっていました」

「番頭……庄次郎という男か？」

「さあ、名前までは……でも、店で面倒見てくださるのだったら、まかせておいたほうがよいのではありませんか」

「……そうだな」

菊之助は腰をおろした。

七

その男がやってきたのは、お志津が家を出てすぐだった。

見たことのない男だったが、安吉は会津屋の番頭だといわれ、期待に目を輝かした。

「おとっつぁんはちゃんといるよ。これからそこへ連れて行ってあげるから、わたしについておいで」

「おとうはどこ?」

番頭はにこにこしており、愛想がよかった。

「おゆう、おとうに会えるよ」

安吉はおゆうに声をかけた。

「おっかあは?」

おゆうは番頭に顔を振り向けた。

「ああ、おっかさんもちゃんといるさ。二人ともおまえさんらのことを心配して、早く会いたがっているんだ」

「それは遠いの? どこなの?」

「遠くはない。ともかく、わたしについておいで。すぐに出かけるからね」

「おゆう、番頭さんと一緒に行こう」

「うん」

おゆうは羽織っていた褞袍を脱いで、安吉より先に三和土に下りた。

表はすっかり冷え込んでおり、空を吹き渡る風が鳴いていた。

安吉はおゆうと手をつないで、番頭について歩いた。

番頭は長屋を出ると、高砂橋までゆき、そばに舫《もや》ってある猪牙舟《ちょきぶね》に乗れといった。

「舟で行くの？」

「舟のほうが早いんだよ。さあ、早くお乗り」

安吉は先に舟に乗って、あとから乗り込んでくるおゆうに手を貸してやった。

番頭が棹《さお》で岸を押すと、舟はすうっと滑るように静かな浜町堀《はまちようぼり》を下りはじめた。岸辺の柳が風に吹かれて揺れていた。空には数え切れないほどの星がまたたいていた。

「おまえさんたち、腹は減っていないか？　家に飯はあったようだが、手をつけてなかったじゃないか」

番頭は棹を使って器用に舟を操っていた。

舟行灯《ふなあんどん》の明かりに浮かぶ番頭の顔は殊《こと》の外《ほか》やさしげに見えた。大川《おおかわ》に出る前に、番頭は懐からにぎり飯を出して安吉に渡した。

「ひもじいのではないか。遠慮しなくていいから食べなさい」

安吉は受け取ったにぎり飯をおゆうに差し出した。

「おゆう、食べるんだ」

「お兄ちゃんは？」

「おいらも食べるけど、おまえが先に食べろ」

「でも……」

おゆうは躊躇《ためら》った。

二人は両親に会えるまで、食い物を我慢しておこうと、今日の昼間約束したばかりだった。願い事を叶《かな》えるときには、好きなことを我慢しなければ、その願いは叶わないという、母の教えを思い出してのことだった。

「おゆう、もういいんだよ。おとうにもおっかあにも会えることになったんだから」

安吉はにぎり飯を包んでいる竹の皮をゆっくりほどいた。すると、真っ白いにぎり飯が舟行灯《ふなあんどん》の明かりに照らされた。安吉の腹の虫が、グウと鳴いた。それから、ごくりとつばを吞み込んだ。

「おゆう、食べていいんだよ。さあ……」

そういったとき、舟は大川に滑り出ていた。急に風が強くなり、二人の髪を激しく乱した。同時ににぎり飯を包んでいた竹の皮が一枚、風に吹き飛ばされた。

「わたしは食べない」

おゆうは首を振ってそういった。

「どうしてだ。腹が減ってるだろう。それじゃ、おいらが先に食べるよ」

「だめッ！」

おゆうがキッとした目でにらんできた。

「何がだめなんだ？」

「おとうとおっかあに会えなくなる」

「もうすぐ会えるんだ」

「食べたら会えなくなる」

安吉はそうかと、胸の内でつぶやいて舟を操る番頭を見たが、その顔はさっきと違い厳しいものになっていた。えもいえぬ不安に襲われたのはそのときだった。

「番頭さん、ほんとにおとうとおっかあのところに連れて行ってくれるんだね」

「ああ、もうすぐだ。おとなしくしていな」

そのものいいは、さっきと違ってどこか投げやりだった。それに、頰に浮かんでいた笑みが跡形もなく消えていた。

まさか、全然違うところに連れて行かれるのではないかと思った。安吉は、襷《たすき》がけをして一心に舟を操る番頭を盗み見てから、おゆうに顔を戻した。

「……会えるまで我慢しようか？」

「うん」

と、おゆうはうなずいた。

しかし、二人の視線は、ずっとにぎり飯に注がれたままだった。

第二章　小石川《こいしかわ》馬場

一

河野屋という質屋は源助店から二町《ちょう》（約二一八メートル）も行かない竈河《へっつい》岸と呼ばれる住吉町《すみよしちょう》裏河岸《がし》の前にあった。

「火鉢を……」

河野屋の主《あるじ》から話を聞いた菊之助は、店に置いてある質草《しちぐさ》を眺めながらそういった。

「なんでも、使っていた丸火鉢がこの春割れたそうで、新しいのを買いたいと言ってました」

「それで反物を入れたわけか。しかし、火鉢だったら、この店にも……」

「気に入った長火鉢が、どこぞの店にあるようなことでしたが……」

菊之助はそれだけを聞いて、河野屋を出た。

徳衛が質屋で金を借りたのは、どうやら本当のことらしい。長火鉢を求めようとした徳衛のこともわかる。家には手焙りもなかった。これから寒さが厳しくなってくるから暖《だん》を求めるのはうなずける。しかし、そんな男が急に失踪《しっそう》したということが解《げ》せない。

いくら夫婦喧嘩をしたといっても、子供を置き去りにしていくとは思えない。

菊之助は高く晴れ渡った空を見あげながら歩いた。江戸の町はすでに動きはじめており、どこの商家にも暖簾《のれん》が出され、店の前には水が打たれていた。

菊之助が足を向けているのは、徳衛が勤めていた日本橋通町の会津屋である。親父橋《おやじばし》、荒布橋《あらめばし》、江戸橋と渡って本材木町《ほんざいもくちょう》の通りに入った。楓川《もみじがわ》が朝の光を弾《はじ》いていた。地面に下りた雀《すずめ》たちが、のどかなさえずりをあげている。

会津屋の暖簾をくぐると、帳場に目を向けた。番頭の庄次郎が座っており、にこやかな笑みを向けてきた。

「これは荒金さん、ずいぶんお早いですね。それで徳衛のほうはどうなりましたでしょうか?」

庄次郎は早口でいって、上がり口までやってきた。

「何もわかってはいないよ。神田川で揚がった死体のことは聞いたかい？」

「へえ。昨日、町方のお役人さんが見えて、そのときに聞きましたが、徳衛でなくてホッと胸をなで下ろしました。あ、これ三吉《さんきち》や、お茶をお持ちしなさい」

庄次郎はそばにいた小僧にいいつけて、菊之助に顔を向け直した。

「安吉とおゆうを預かってくれたそうだな」

「は？　わたしがですか……」

「昨夜、二人を連れに来たのではないか？　それとも他の番頭かな……」

「番頭はわたしひとりでございますが……」

「なに……」

菊之助は眉根を寄せた。

「親が見つかるまで家で預かると、安吉とおゆうを連れて行ったのではないのか。昨夜のことだ」

菊之助は探るような目を庄次郎に向けた。

「そんなことはいたしておりませんし、徳衛の家に行ったこともございません」

「なんだと。……それじゃ、いったい誰が……」

菊之助は表情を厳しくして、昨夜、お志津から聞いたことを思い返した。お志津はたしかに、会津屋の番頭が安吉とおゆうを迎えに来たといった。

庄次郎は要領を得ない顔をしている。

「ほんとにうちの長屋に来ていないのだな。すると他のものかもしれぬ。ちょっと聞いてくれないか」

「はあ。では少々お待ちを……」

庄次郎が店の奥に消えると、小僧が茶を持ってきた。菊之助はいやな胸騒ぎを覚えながら茶に口をつけた。

しばらくして庄次郎が戻ってきた。

「やはり、誰も徳衛の家に行ったものはおりませんが……」

「……それじゃ誰が？」

いやな胸騒ぎが一段と強くなった。

視線を泳がせながら、ここにいる場合ではないと思った。

「番頭、また来る」

菊之助は会津屋を飛び出すと、小走りになった。今朝、徳衛の家には行っていないが、安吉とおゆうがいないとなれば、徳衛の家族がそっくり消えたことになる。

親父橋を渡るとさらに足を速めた。長屋に着くと、まっすぐ徳衛の家に行き、戸をたたいた。返事はない。

「安吉、おゆう」

声をかけたとき、道具箱を提《さ》げた髪結《かみゆ》いの玄七《げんしち》がそばの戸口から出てきた。菊之助を見ると、

「二人ともいませんよ。今朝、おつねさんが声をかけてましたが、いなくなったといってました」

そういわれた菊之助は、腰高障子に手をかけて引き開けた。

家のなかには誰もいなかった。菊之助は目を光らせて、いきなり駆け出した。

「菊さん、どうしたんです？」

玄七の声が追いかけてきたが、返事などしている場合でなかった。家に駆け込むと、お志津を呼んだ。

「昨夜、会津屋の番頭が安吉たちを迎えに来たといったな」

「はい、いいましたが……」

「その番頭の顔を覚えているか？」

お志津は一度まばたきをした。

「……ぼんやりとなら覚えていますが、何かありましたか?」

菊之助は会津屋の番頭・庄次郎の年恰好《としかっこう》と人相《にんそう》を話した。

「いえ、もっと若い人だったような気がします。背も高くて、痩《や》せていたような」

「攫《さら》われたんだ」

「えっ?」

「安吉とおゆうが攫われたんだ。会津屋の番頭は昨夜、この長屋には来ていない。店の他のものも来ていない。……誰かがあの子たちを連れ去ったのだ」

「でも、何のために……」

お志津の疑問は、菊之助の疑問でもあった。

二

家を出た菊之助は、もう一度会津屋を訪ねた。

今度は話が長くなるから、無理をいって客間にあげてもらった。

「徳衛が家に帰ってこなくなったのは、おまえさんと酒を飲んだ晩からだ。その晩に何を話した？」

「何をって、たいした話はいたしておりません。ただ、徳衛の愚痴を聞いたようなものです」

「どんな愚痴だ？」

菊之助は達磨《だるま》顔のなかにある庄次郎の豆粒のような目を見つめた。

「犬も食わない夫婦喧嘩です。徳衛が長火鉢を買うために、おあきさんの反物を質に入れたことが因《もと》だったようです。もっともその反物は、おあきさんが自分の着物を誂《あつら》えるために、大事にとっていたものだったらしいのですが……」

これまで聞いたことと、話の辻褄《つじつま》は合う。

「おまえさんが徳衛より早く店を出たのだったな」

「ええ、もう少し飲みたいというので、わたしは先に帰りました」

「どこの店だ？」

「本船町《ほんふなちよう》の伊勢虎《いせとら》という店ですが……」

菊之助も何度か行った店だ。魚河岸《うおがし》の近くなので、魚料理がうまく、手頃な値段だった。入れ込みの他に小座敷もある、なかなか気の利いた店である。

「その店で何か変わったことはなかったか？」

「とくにありませんが、女房のおあきさんは昔その店で働いていた人です」

「おあきが伊勢虎で……」

「ええ。ですから、おあきさんが徳衛を捜しに見えたときも、伊勢虎のことを話してさしあげました」

「それじゃ、おあきは伊勢虎に行ったのだな」

「おそらく。しかし、子供までいなくなるとは、いったいどうしたことでしょうか」

菊之助はそれには答えずに、

「町方はその後やってきたか？」

と、まっすぐ庄次郎を見た。

「神田川で揚がった死体の一件があってからは、それきりです」

それ以上訊ねることのなくなった菊之助は会津屋を出た。

すでに日は高くなっており、町は活気づいていた。天秤棒《てんびんぼう》を担いだ振り売りが、売り声をあげて通りを流している。店先では女中が呼び込みの声をあげていた。

菊之助は江戸橋の途中で立ち止まり、欄干《らんかん》に手をついて、さざ波を打つ日本橋川を眺めた。

まったく不可解なことになった。徳衛がいなくなり、女房のおあきが行方をくらまし、ついで子供たちが何者かに連れ去られている。

いったいどうなっているのか雲をつかむような出来事だ。菊之助は秀蔵に相談しようと思った。これは町奉行所の仕事でもあるはずだ。だが、その前に伊勢虎に行って話を聞くことにした。

店は本船町の北側にあった。表の間口は狭いが奥行きのある店だ。昼前だが、店のものは中食《ちゆうじき》の準備に忙しそうだった。入れ込みの掃除をしていた仲居《なかい》に声をかけ、主を呼んでもらった。

「もう五、六日前になるが、会津屋の手代と番頭がここで飲み食いをしたんだが、覚えていないか？」

「あの晩のことですね」

禿頭《とくとう》の主は、あっさりと答えて言葉をつないだ。

「おあきが亭主がいなくなったからと捜しに来た件でございましょう」

「そうだ」

話は早い。

「あの晩はとくに変わったことはありませんでした。揉《も》め事もなかったし、どの客もおとなしく飲んで食って帰っていきましたよ」

「……徳衛は、ときどきこの店に？」

「いえ、三月《みつき》に一度来るか来ないかという程度です。ただ、女房のおあきはこの店で仲居をしておりましたので、顔はよく知っておりました」

「なるほど。それでおあきは、あんたにもあれこれ訊ねたのではないか」

「いえ、話は仲居のお栄《えい》が聞いておりました」

「その仲居は？」

主は店の奥に声をかけて、お栄を呼んでくれた。三十過ぎの大年増《おおどしま》で、ころころ太った小柄な女だった。

「……おあきは、自分の反物を質に入れられたことで、亭主と喧嘩したらしいのですが、自分もいいすぎたと悔いておりました」

「それはいいが、徳衛の行き先に心当たりがあったのではないか」

「さあ、それはどうかしら」

お栄は姉さん被《かぶ》りにしていた手拭《てぬぐ》いを取って、視線を泳がせた。

「そういえばあの子、客のことをあれこれ聞いてゆきました」

「どんなことだ？」

「うちの亭主がきっと他の客と悶着《もんちゃく》を起こしたのだろうって。酒が入っていたのだから、そんなことがあってもおかしくはないと……」

「ふむ」

「それで、知っている客のことを何人か教えてやりました」

「わたしにも教えてくれないか」

菊之助はお栄がいう客の名を、矢立《やたて》を借りて書きつけていった。全部で八人になったところで、お栄は言葉を足した。

「おあきも知っている客ばかりだと思うんですけど、座敷のほうはどうかしら」

「座敷のほうというと、奥の小上がりのことだな」

「はい。あの晩、二組の客が入っておりました。一組は市村《いちむら》座の役者連中で、もう一組はお武家様でした」

「おあきはそれも聞いたのだな」

「ええ、市村座の役者は中村勝太郎《なかむらかつたろう》さんのお連れで、お武家のほうは板倉鉄三郎《いたくらてつさぶろう》さまという方です」

「役者の連れは何人だった？」

「二人です。板倉さまのほうは三人でした」

「勝太郎という役者は、ときどきこの店に来ているのだな」

「たまにです。板倉さまは初めての方でした。他の人も同じです」

座敷に案内するときは代表者の名を聞いておくのだと、お栄は付け足した。役者のほうは市村座を訪ねればすぐにわかるだろうが、板倉のほうは不明だ。

「その板倉鉄三郎の住まいは聞いていないか？」

「そこまでは聞いておりませんが、料理を運んで行ったとき、小石川築地《つきじ》がどうのと話しておられましたから、ひょっとすると、そちらのほうから見えたのではないかと……」

「そのことを、おあきにも……」

「話しました」

三

南北町奉行所は月代わりで、当番月と非番月がある。今月は南町奉行所は非番月なので、役所に行けば秀蔵に会えるはずだった。

非番月の同心らは、前の月に取り扱った訴訟の整理や、処理の終わっていない事務仕事をする。ただし、これは内役《うちやく》のことであり、定町廻りなどの取締方はそのかぎりでない。そうはいっても当番月ほど動きまわらないことを、菊之助は聞き知っていた。

菊之助は御堀沿いの河岸通りを歩いて、数寄屋《すきや》橋に差しかかった。初冬の光を照り返す堀の向こうに、南町奉行所の長屋門が見えた。

黒い渋塗《しぶぬ》りと白漆喰《しっくい》で造られた海鼠塀《なまこべい》は、いかにも峻厳《しゅんげん》で凜々《りり》しさを感じさせる。立ち止まった菊之助は、指先で思わず襟《えり》を正した。

数寄屋橋を渡って門の前に立った。門は非番月なので、普段のように八の字には開いていない。門番に訪問の意図を告げると、脇の潜《くぐ》り戸を入って、すぐ右手の当番所に行けといわれた。

菊之助は、いささか気後《きおく》れを感じながら当番所に行って、横山秀蔵への面会を願った。

「訴訟ごとならば、今月は北町奉行所のほうだぞ」

青々とした月代《さかやき》の若い同心が、威厳を保ちながらいった。

「いえ、ただ面会をしたいだけでございまして……」

同心はじろりとにらんだが、すぐに呼んでやるといって、背後にいるものにてきぱきと指図をした。

その場で待たされる菊之助は、正面に見える玄関を眺めた。その玄関までは五、六尺幅の敷石がつづいており、庭一面には日の光を弾く那智黒《なちぐろ》の砂利石《じゃりいし》が敷き詰めてあった。

「菊之助、どうした？」

秀蔵が同心詰め所から出てきた。

「相談したいことがあるんだ」

「なんだ？」

菊之助はまわりを見てから、

「ここはどうも窮屈《きゅうくつ》だ。外で話ができればありがたい」

「それなら橋を渡ったところに団子屋がある。そこへ行こう」

秀蔵は甘党である。下戸《げこ》ではないが、甘いものには目がない男だった。

数寄屋橋前は小さな広小路になっており、甘味処《かんみどころ》がいくつかあった。二人は一軒の団子屋の縁台《えんだい》に腰をおろした。秀蔵は縁台に座るなり、茶とみたらし団子を注文した。

「うちの長屋に越してきたばかりの家族があるんだが、これがつぎつぎといなくなってしまってな」

菊之助は前置きなしで本題に入った。

「夜逃げか?」

「そうではない」

菊之助はこれまでの経緯《いきさつ》を詳しく話してやった。

秀蔵は団子を頬ばり、茶を飲みながら黙って聞いていた。

「その徳衛という手代は、店賃《たなちん》は払っているんだろうな」

「越してきた日に前払いしている。金がもとでいなくなったというわけでもないのだ。それも、親を待っていた子供までいなくなってしまったのだ。どう思う?」

秀蔵は団子のタレのついた指をなめてから、

「はっきりと攫われたという証《あかし》があるなら、腰をあげなきゃなるまいが、何も起きていないのだろう」

「起きているから、おまえに話しているのだ」

「金が盗まれた、あるいは刃傷沙汰《にんじょうざた》があったということではないな」

「そんなことは起きていない」

「徳衛が人を騙《だま》したとか、または何かの被害をこうむったというのでもないのだな」

「そうだ」

「だったら、御番所が動くのは難しい」

「なんだと……」

菊之助は顔をしかめて秀蔵をにらんだ。

「現に、つぎつぎと人がいなくなっているんだ」

「人がいなくなったからというだけでは腰はあげられない。ひょっとしたら、もう家に戻っているかもしれないだろ」

「そんなことは……」

あるだろうかと、菊之助は内心でつぶやいた。そうであればよいが……。

「おまえの心配はわかるが、もう少し様子を見たらどうだ。もっとも、誰かが殺されたっていうのなら話は違うが……」

「手がかりになるようなことは、いくつかあるんだ」

「菊之助」

秀蔵は涼しげな目で見てきた。

「おれたちゃ、人捜しをするほど暇じゃないんだ。それに、市中の治安を守るための見廻り役は、南北合わせても三十人もいない。事件として扱えない人捜しに動くのは無理だ」

「……動いてくれなかったがために、手遅れになるようなことになったらどうする」

「まだ、そんなことは起きておらぬだろう。ともかく、しばらく様子を見ることだ。勝手に騒ぎ立てればまわりに迷惑をかけることになるやもしれぬからな。さて、おれは行くぜ。片づけなきゃならぬ仕事があってな」

秀蔵は、ぽんと、菊之助の肩をたたいて行ってしまった。

四

「おゆう、もう食ってもいいんだ。食わないと倒れちまう」

安吉は壁に背を預けてもたれているおゆうを必死に説得しようとするが、おゆうは頑《かたく》なだった。昨日から何も食べていないのだ。そのせいか気《け》だるげな表情をしている。

「さあ、おゆう……」

安吉は飯碗と箸を持ち、膝をすっておゆうのそばに行ったが、おゆうはすうっと顔をそむけた。その目から一筋の涙が頬をつたい落ち、行灯の明かりを照り返した。

「お兄ちゃんが食べるから、おとうにもおっかあにも会えなくなったんだよ」

つぶやくようにいったおゆうは、しくしく泣きはじめた。

安吉は肩を落として、飯碗を膝の上に置いてうなだれた。自分も泣きたかった。だけど、唇を嚙みしめて涙を堪《こら》えた。

男が嘘をついて自分たち兄妹をここに連れてきたことはわかっていた。男は番頭でも何でもなかった。なぜ、そんなことをするのかよくわからなかった。

安吉は膝の飯碗から二人分の食事が載った膳に視線を移した。香《こう》の物に魚の焼き物、煮物の小鉢、そしてみそ汁があった。みそ汁はもう冷めていた。

じっとその膳を見た安吉は、何かを振り切るように近づいた。

「おゆう、おいらは食うよ。食わなきゃ体がもたない」

飯碗に手を伸ばすと、おゆうが泣き濡《ぬ》れた顔を向けてきた。

「……おとうとおっかあに会うまで元気でいなきゃならないだろ。倒れたら会えなくなる」

「でも、願いは……叶わなくなるかもしれない」

「そんなことはないさ。きっと会える。……おゆう、兄ちゃんは食うぜ」

おゆうは涙に濡れた目を見開いているだけだった。

安吉は飯を食いはじめた。兄だから妹を守らなければならないと思った。魚をつつき、煮物を頰ばり、みそ汁をすすった。

だが、食っているうちに、いいようのない心細さと寂しさが込みあげてきて、大粒の涙がこぼれ落ちた。不安だったし、怖くもあった。

安吉は泣きながら、涙と一緒に飯を食った。がつがつと。おゆうは惚《ほう》けたような顔でその様子をずっと眺めていた。

「おゆう、おまえも食いな。……食わなきゃ体がまいっちまうだろう。おとうとおっかあに元気な顔を見せられなくなっちまうだろう」

「でも……」

「いいから食うんだ。少しでもいい。みそ汁だけでも飲みな。兄ちゃんのいうことを聞いてくれよ」

安吉はじっとおゆうを見た。おゆうも見つめ返してきた。

その家は静かだった。行灯の灯心がジジッと鳴った。

手焙りの炭がぱちっと爆《は》ぜた。

「……おゆう、食うんだ」

少し力を込めていうと、おゆうは観念したように膳の前に近づいた。「早く食え」といってやると、おゆうは箸をつかみ、それからみそ汁に口をつけた。

安吉は微笑んだ。潤《うる》んでいた目から、また新たな涙がこぼれた。

おゆうは煮物にも箸をつけた。飯も少し食べた。そして、静かに箸を置いて、手の甲で口をぬぐった。

「食べたから、おとうとおっかあに会えなくなるかも……」

「そんなことはないさ」

「……ほんとに大丈夫？」

「兄ちゃんを信じろ」

「でも、どうしてこんなところに閉じこめられているの……」

安吉はそれには答えられなかった。

黙したまま部屋のなかを見まわした。見知らぬ家の奥座敷だった。昨日の夜、舟に乗せられ、大川を上って、どこかの船着き場で降ろされた。そこから町屋を歩いてこの家に辿《たど》り着いたが、ここが何という町なのかさっぱりわからなかった。番頭と名乗った男は、すぐ両親に会わせてやるといったが、それは嘘だった。丸一日たったのに、期待は裏切られたままだ。

男が何をしようとしているのか、何を考えているのかわからなかった。ただ安吉は家に戻してほしいと思っていた。逃げることも考えたが、すぐ捕まりそうで怖かった。それに、おゆうがいては逃げられるとは思えなかった。

「あの男……怖い目にはあわせないといった」

安吉のつぶやきに、おゆうの顔がはっとあがった。

「お兄ちゃん、わたし怖い……」

おゆうは、ぶるっと、肩を震わせた。

そのとき、廊下に足音がした。二人は顔をこわばらせ、身を固くした。

やがて障子が開き、ひとりの男が現れた。飯を運んできた番頭と名乗った男ではなかった。侍だった。

侍はじろりと二人を眺めると、口の端《は》に微笑を浮かべ、後ろ手で障子を閉めて静かに座った。夕餉の膳部《ぜんぶ》を一目見て、

「飯を食ったか……それでよいのだ」

侍は静かな口調でいって、また二人を眺めた。安吉は息を呑んだ。おゆうがそばにすり寄ってきた。

「そう怖がらずともよい。なにもとって食おうとしているのではないのだ。おまえたちの気持ちはよくわかる。親に会いたいのだろう」

「おとうはどこだ。おっかあはどこだ。早く会わせろ！」

安吉は勇気を振り絞って叫んだ。おゆうがしがみついてきた。

「これこれ、そんな大きな声を出すでない。母親には会わせてやる。だが、その前に、おまえたちに伝えなければならないことがある。心して聞くんだ。よいな」

安吉は膝の上の拳を握りしめて、恐怖に耐えた。侍はやさしそうな顔をしているが、その目は怖かった。

「じつはな、そのほうらの親父殿はな、悲しいことに……」

安吉は息を詰めた。

「亡くなってしまわれたのだ」

安吉は啞然《あぜん》となって口を半開きにして、目を瞠《みは》った。

「些細《ささい》なことだった。酒に酔って、足を滑らせて川に落ちてそのまま……」

「嘘だ！　嘘だ！　そんなことがあるか！」

　安吉は大声を出してしゃくりあげた。

　おゆうは声もなくぶるぶる震えていた。

「本当なのだ。だから、父親に会うことはできなくなった。死んでしまわれたのだ」

「し、死んだ……」

「悲しいことだが、これればかりはどうすることもできぬ。つらいだろうが、そういうわけで父親には会えなくなったのだ」

「嘘だ……」

　か弱いつぶやきを漏らした安吉を、侍は静かに眺めた。

「これからはわたしが面倒を見る。これからは何も心配することはない」

「家に帰せ。家に帰りたい」

　安吉は呪詛《じゅそ》のようにつぶやいたが、侍は目を閉じて首を振った。

「家に帰ることはならぬ。これからは町人の子ではなく、武士の子としておまえたちの面倒を見ることにする。よいか、町人の子ではないのだぞ」

「……」

安吉は侍をにらみ据えた。

「おっかあは？」

おゆうが訴えるような目で侍を見た。

「母親には明日にでも会えるはずだ。心配いたすな。いちどきにあれこれ話をしてもわからぬだろう。それに悲しいことを知らせたばかりで、心も穏やかではなかろう。明日、またゆっくり話すことにする。よいな」

侍は二人をたしかめるように見ると、部屋を出て行った。

「おとうが、おとうが……」

侍の足音が消えてから、おゆうがつぶやいた。安吉の両目からどっと涙が溢《あふ》れたのはそのときだった。

五

奥の間で布団を上げたお志津は、部屋の掃き掃除をして、障子《しょうじ》や襖《ふすま》にはたきをかけていた。ぱたぱたというその音を聞きながら、菊之助はどんより曇った寒空を仰いでいた。手に持った湯呑みが心地よく温かい。

「どうなさったの？　朝から浮かない顔で……」

菊之助はゆっくり、お志津に顔を向けた。

「浮いた顔などできぬだろう」

「徳衛さんのことね」

「……秀蔵はそのうちひょっこり戻ってくるようなことをいったが、どうもそんな気がしないのだ。さっきも家をのぞいてきたが、誰も戻ってはいなかった」

「やはり、御番所は動いてくれないのかしら……」

お志津は腰をおろして、頭の手拭いを剝《は》ぎ取った。

「秀蔵のあの口ぶりだと、動く気はないようだ。……姿を消した理由がまったくわからないのだから仕方ないのだろうが、このまま何もしないでいいものかどうか……」

菊之助はふうとため息をついて、茶を飲んだ。

「でもね、菊さん。安吉ちゃんとおゆうちゃんは、会津屋の番頭を騙《かた》った男に連れて行かれたのですよ」

「そのことも秀蔵に話してみたが、取り合ってくれないのだ」

「それじゃ、どうしたらよいのでしょう」

お志津は理知的な目で菊之助を見る。

「……このままじゃ仕事など手につかぬ。わたしはあの家族を捜すことにする。御番所が動いてくれなきゃ、自分でやるしかない」

「取り越し苦労ならよいのですけど」

「そうであればよいが……。ともかく捜すことにする」

「それじゃ、わたしも何か手伝います」

「とりあえず次郎を使うことにする」

家を出た菊之助はまず、家主の源助を訪ねた。

源助は六十過ぎで、梅干しみたいな顔をしている冗談好きな男だ。住まいは同じ町内ではなく、すぐ近くの住吉町にあった。

「徳衛さんの家のことなら、昨日、あのおしゃべりのおつねから耳にたこができるほど聞かされたよ。さあ、寒いから茶でも飲みなさい」

源助は長火鉢の縁に、湯呑みを置いた。菊之助は遠慮なく口をつけた。

「昨日は子供までいなくなっておりますので、ちょっと捜してみようと思っているんです。御番所のものにも話をしてみたのですが、埒《らち》が明きませんで……」

「ほう、町方に……それで何もしてくれないのかね」

「人が死んだとか、大金が盗まれたとかであれば、話は別のようですが……」

「しかし、捜すといってもどうやって捜すんだね。何かあてでもあるのかね？」

「何もございませんが、じっとはしておれないでしょう」

「菊さんも人がいいね。それにしてもおかしなことだね。このまま帰ってこなかったら、あの家はどうしたらよいだろう」

源助は家主の顔をちらりとのぞかせたが、菊之助に強くにらまれて、誤魔化《ごまか》すように空咳《からせき》をした。

「ひょっとしたら、徳衛の過去に何かあるのかもしれません。人別帳《にんべっちょう》をちょっと見せてもらえませんか。以前、名主から預かっているといってましたよね」

「そんなことならお安い御用だ。どれどれ……」

源助は重い腰をたたいて立ちあがると、隣の間に行ってごそごそやりはじめた。

江戸には古くから人別帳があり、各町ごとにまとめて住人を集計していた。当初は治安維持のために作られたのだが、江戸も中期を過ぎると市中に入り込んでくる民が増えたので、その対策のために重要な役割を果たしていた。

「おお、これだこれだ」

源助がつばをつけた指で、帳面をめくりながら戻ってきた。

受け取った菊之助は徳衛の箇所に視線を落とした。

人別帳には、店借り証文には書かれていない、生国《しょうごく》をはじめとした家族構成、出産、死亡、婚姻、娘片づけ、養子縁組などが記載されている。

徳衛は転居して間もないので、「入《いり》人別帳」に詳しく書かれていた。もうひとつ「出《で》人別帳」というのがあるが、こちらは転出者の書類となっている。

菊之助は、徳衛と女房のおあきについて書かれていることを頭にたたき込んだ。

徳衛は品川《しながわ》の生まれで、十四のときから会津屋に奉公に出ている。おあきは相州《そうしゅう》三浦郡《みうらごおり》の生まれで、十二で江戸に出てきて、元飯田町《もといいだまち》の瀬戸物屋に奉公し、十八で本船町の料理屋・伊勢虎の仲居として働いていた。

徳衛とおあきが夫婦となったのは八年前だ。察するに、おあきは結婚前に長男の安吉を身ごもったのだろう。

人別帳を見るかぎり、二人に不審な点はなかった。高砂町に来る前は、柳原《やなぎわら》土手に近い岩井町《いわいちょう》に住んでいた。高砂町に越してきたのは、勤める店が近いからだろう。

人別帳に目を通した菊之助は、世間話をしたがる源助を振り切って長屋に戻り、次郎の家を訪ねた。

次郎はあぐらをかいて、みそ汁をぶっかけた朝飯を食っているところだった。

「まだ、仕事には出ていなかったか。よかった」

勝手知ったる他人の家で、菊之助はずかずかと三和土に入って腰をおろした。

「飯を食ったら仕事に出ようと思っていたところです。こんな早くに何です」

「頼まれてもらいたいことがある」

次郎は目を輝かせて、飯碗を置いた。

「徳衛さんの件ですね」

「そうだ。秀蔵に相談したが、相手にしてくれない。そのうち戻ってくるかもしれないというが、おれは気が気でないから捜すことにする。ひとりでは手が足りない、手伝ってくれるか」

「菊さんのお指図とあらば、何でもやりますよ」

「それじゃ、早速に頼まれてくれ」

六

二人はどんよりした寒空の下を歩いた。葺屋町《ふきやちょう》と堺町《さかいちょう》、二丁町《にちょうまち》と呼ばれる芝居町《しばいまち》のほうで、ドンドンとたたかれる太鼓の音が鈍色《にびいろ》の空に広がっていた。

菊之助は親父橋のたもとで足を止めて、次郎を振り返った。

「さっき、渡した書付《かきつけ》をあたれるだけあたるんだ。足を棒にして手がかりになるようなことを聞き出してこい」

「終わったら……」

「自分の家で待っていろ。おれも聞き込みを終えたら戻っている」

「どっちへ？」

「……仕事場のほうだ」

菊之助は少し考えてから、そう答えた。

次郎には昨日、伊勢虎のお栄から聞いた書付を渡していた。それにはさっき源助に見せてもらった人別帳のことも付け足しておいた。

次郎はまず役者の中村勝太郎からあたるといって、市村座のある葺屋町に向かった。菊之助はもう一度、伊勢虎に行って話を聞くことにした。

だが、お栄から新たな話を聞くことはできなかった。おあきは店で問題を起こしたこともなく、客受けもよかったという。主にも聞いたが、同じ答えだった。

ただ、小座敷にいた板倉鉄三郎の連れは三人だったが、

「ひとりはお侍ではなく、どこかの手代さんか番頭さんのようでした」

と、自信なさそうにいった。

「ひとりは商人《あきんど》だったということだな」

菊之助は目に力を入れて、確認するように聞いた。

「たしかにそうでした。お召し物もそう悪くありませんでしたし」

伊勢虎をあとにすると、お栄から聞いた客をひとりずつ訪ねていった。徳衛と会津屋の番頭が伊勢虎で飲んだ晩に、その店にいた客である。これは常連客といっていいだろう。その数は全部で八人だったが、そのうちの五人は次郎にまかせておいた。

午前に伊勢虎の常連三人に会った。ひとりが大工で、あとの二人は左官だった。それぞれ仕事先が違うので、菊之助はあっちへこっちへと歩きまわることになったが、手がかりになるようなことは何も聞けなかった。

今にも泣きだしそうな空だったが、雨にたたられることはなかった。

鎌倉町《かまくらちょう》にある安い蕎麦屋《そばや》に入ったのは昼前だった。菊之助はそこで蕎麦をすすって一服つけた。櫺子格子《れんじごうし》の先に、鎌倉河岸があり、人足たちが舟の荷下ろし作業をしていた。そのずっと先には暗い空を背景にした江戸城が見えた。

視線を手許に戻して、楊枝《ようじ》をくわえたまま書付を眺めた。残るは板倉鉄三郎という客である。お栄は小石川築地という言葉を聞いている。

板倉がその町に住んでいるかどうかはわからないが、行ってみるしかない。しかし、そのとき、おあきが以前奉公していた瀬戸物屋のことを思い出した。場所は元飯田町である。清和《せいわ》堂というのが店の屋号だった。

……徳衛がいなくなり、その徳衛を捜しにいったおあきも姿を消した。何者かにかどわかされているとすれば、原因は徳衛だけとはかぎらない。女房のおあきが何ものかに恨まれていると考えることもできる。

勝手な推量ではあるが、この際、あらゆることを考えるべきだった。

「清和堂か……」

楊枝の尻を書付に打ちつけて、店を出た。

元飯田町は、鎌倉町から御堀沿いを歩いていけばよかった。半里（約二キロ）あまりだから、大人の足だと小半刻（三十分）もかからない。

俎《まないた》橋を渡り元飯田町に入ると、近くの商家で清和堂を訊ねた。こおろぎ橋のたもとにあるからすぐにわかるという。菊之助は荷車の行き交う道を二町ほど歩いてこおろぎ橋を見つけ、そのそばに清和堂があるのを知った。立派な瀬戸物屋だった。

店の間口は四間《けん》ほどあり、真新しい紺暖簾が冷たくなった風に揺れていた。

店を訪ねると、帳場に座っていた番頭に、早速おあきのことを話した。

「行方が……ご亭主といっしょに子供もですか……」

年季の入った福々しい顔をした番頭は、菊之助の話を聞いて驚いた。

「それであちこち捜しているんですが、何か心当たりはありませんか？」

「その前に、おたく様は……？」

着流しの町人のなりをしている菊之助を見て、番頭は目を細めた。まあ、今はそう見られても仕方ない恰好ではあるが、浪人だととられても詮無《せんな》いことだ。

「同じ長屋のものです。どうにも心配になって、こうやって捜している次第です」

「それはご奇特《きとく》な……。しかし、心当たりと申されても、なにぶんにも、おあきがこちらにいたのは、もう大分《だいぶ》前のことですからね」

「そのころ、おあきさんが誰かの恨みを買ったとか、仲の悪いものがいたとか、何でもいいのです。そもそもなぜ、あの人はこの店をやめて伊勢虎に移られたのです？」

「それは年季の明けた本人の希望もありましたし、近いうちに一緒になる男ができたということでしたから……」

「一緒になる男……それは？」

「徳衛さんですよ」

菊之助は内心落胆したが、痴情《ちじょう》のもつれがあったかもしれないと思った。

「おあきさんに、他の男がいたようなことは？」

「さあ、そんなことはなかったはずです。身持ちの堅い女《こ》でしたから」

菊之助はしばらくして清和堂を出た。

つぎは小石川築地である。

菊之助はさっきふと心に浮かんだことが、徳衛にもなかっただろうかと考えた。つまり徳衛の女関係である。これはまだ何も聞いていなかった。

それからもうひとつ考えられるのは、おあきが徳衛の行き先に心当たりがあり、そこへ行ったということである。そこでのっぴきならない面倒ごとに巻き込まれているかもしれない。

しかし、どれもこれも自分勝手な推量でしかない。こんなときに町奉行所の力を思い知らされる。だが、その町奉行所を頼ることはできない。

菊之助は、はっと息を吐いて、下腹に力を入れた。貧乏くじを引くようなことを勝手にしているが、どうしても徳衛家族の安否が気になる。

小石川築地は町名ではない。土地のものが呼ぶ俗称である。上総《かずさ》大多喜藩《おおたき》松平《まつだいら》家の中屋敷と備後福山藩《びんごふくやま》の中屋敷に挟まれたような武家地だ。

町人地と違い、長屋などはない。各屋敷には庭があるので、窮屈な造りにはなっていないが、大小の旗本や御家人の家が入り組んでいる。

目的はこの武家地に、板倉鉄三郎の住まいがあるかどうかだ。各家には表札の類《たぐい》などはかけられていないので一軒ずつ訪ね歩くしかないが、武家地には要所要所に辻番《つじばん》が設けられている。

小石川築地界隈にはいくつか辻番があるが、どれもが大名、旗本が共同で管理する組合辻番であった。番所のなかには自身番《じしんばん》と同じく、突棒《つくぼう》、刺叉《さすまた》、袖搦《そでがらみ》などの捕り物道具が揃えてあるが、ここに詰めるのは雇われ町人である。

それでも背後に強権力があるから、番人らは権柄《けんぺい》ずくなものが多い。最初に訪ねた辻番の番人もその例に漏れずだった。つぎに訪ねた辻番でも成果はなかった。

「お武家を捜してどうするんだい。町人は滅多《めった》なことじゃ会わせてもらえないぜ」

蔑んだ目でそういう番人に、開き直ってやろうかと思った。菊之助は浪人の身で研ぎ師に成り下がってはいるが、武士の矜持《きょうじ》もわずかに残している。だが、人にものを訊ねているのだからと、腹立ちを抑えるしかなかった。

小石川築地の東のほうには、水路が流れている。そのあたりまで足を延ばしたが、板倉鉄三郎の屋敷はなかった。半分あきらめの境地になって、小石川馬場のほうにも足を延ばした。

馬場は武家の乗馬訓練に使われている。風のいたずらでときどき、きつい馬糞の臭いが運ばれてきた。その馬場前の辻番の番人は、他と違って丁寧であったが、やはり板倉鉄三郎なる人物には心当たりがないといった。

ところが、あきらめてその辻番を離れようとしたときだった。一頭の馬の轡《くつわ》を持った男が近寄ってきて、

「この前、あんたと同じようなことを訊ね歩くものがいたな」

菊之助は目を光らせて男を見た。

どうやら馬場守《ばばもり》らしい。小石川馬場には、馬の世話をし馬場を管理する五人の馬場守がおり、男はそのひとりのようだ。

「それはもしや、女では？」

「なぜそれを……」

背の高い馬場守は、ぶひひと嘶《いなな》く馬をいなしながら驚いた。

「その女は板倉鉄三郎さんを捜しあてた様子でしたか？」

「いや、それはわからないが、あんたと同じようにこの辺を捜していたのはたしかだ」

「それはいつごろです？」

「三日、いや四日前だったかな……」

馬場守は首をかしげた。

おあきに違いない。徳衛を捜しに行くと長屋を出たその日に、おあきはこのあたりに来ていたのだ。だが、わかったのはそこまでだった。

七

源助店に戻ったのは、すっかり日が暮れてからだった。

すでに各戸には家人たちが戻っており、子供たちのはしゃぎ声や夕餉《ゆうげ》の支度に余念のないおかみ連中の声がしていた。長屋の路地を吹き抜ける冷たい風が、玄《げん》蓄桶《ばおけ》を転がし、立て付けの悪い戸板を震わせていた。

菊之助は徳衛の家に行ってみたが、朝と同じで、誰もいなかった。仕事場に入って火鉢に火を入れ、欠け茶碗で酒を飲んだ。

そうやって今日一日を振り返ってみた。気になるのは、おあきが板倉鉄三郎を捜しに、小石川築地まで足を運んでいたことである。

もし、そこでおあきの消息がぷっつり切れているとなると、やはり板倉鉄三郎があやしいということになる。しかし、その板倉の家はどこにもなかった。

そんなことを考えていると、次郎が戻ってきた。

「菊さんのほうが早かったようですね」

「いいから戸を閉めてあがりな」

次郎は足も拭《ふ》かず、あがり込んできた。菊之助の酒を見て、自分にもくれという。同じように欠けている茶碗に酒を注いでやった。

「おれのほうは、たいした成果はなかった」

菊之助はその日のことをざっと話してやった。

おおまかなことを聞いた次郎は、自分の調べを口にしたが、やはり手がかりらしきものは何もなかった。

「それじゃ、お手上げってことか……」

「でも、馬場守のいったことは気になりますね」

「うむ。気にはなるが、ただそれだけのことだ。……見当違いのことをやっているのかもしれぬ」

「じゃあ、何か考えが……」

菊之助は日に焼けた次郎の顔を見た。片頬に燭台の明かりがあたっているが、もう片頬は影になっていた。

「徳衛の女関係を調べる必要があるかもしれん……」

「徳衛さんの……」

「うむ。徳衛は子煩悩《こぼんのう》で真面目な手代だと聞いているが、別の顔があったのかもしれない。もしくは前に女のからんだ揉め事を起こしていたとか……」

「なるほど。そういわれりゃそうですね。それじゃ早速、明日にでもそっちをあたってみますか」

「悪いが、明日も付き合ってくれるか」

「何を水くさいことを。菊さんにいわれりゃ何だってしますよ。それにほうっておけるようなことじゃないですからね」

次郎はそういってさわやかに笑った。そのとき、戸の向こうから声がかかった。

「荒金の旦那、旦那いますか？」

「誰だ？」

「五郎七《ごろしち》です」

秀蔵の手先を務めている鉤鼻《かぎばな》の男である。

「遠慮することはない。入れ」

五郎七はすぐに入ってきた。次郎を見て、おや、という顔をした。二人とも顔見知りである。五郎七はときどき、同じ秀蔵の手先を務める次郎の面倒を見ている。

「何かあったのか？」

「へえ、大ありです。この長屋のおあきという女房の死体が揚《あ》がりました」

「なんだと！」

驚かずにはいられなかった。

「半刻《はんとき》（一時間）ほど前、道三堀《どうさんぼり》に浮いているのが見つかりまして、それでこっちの長屋の女房だとわかった次第です。横山の旦那がすぐに知らせてこいとおっしゃいましたので」

「秀蔵はどこだ？」

「死体の揚がった道三堀のあたりを調べています」

「すぐ来いということだな」

「へえ、旦那が話を聞きたいそうで……」

「あの野郎。こうなってから、そんなことを」

唇を噛んだ菊之助は、すっくと立ちあがり、

「次郎、おまえも来るのだ」

そういうなり長屋を飛び出して、夜の町を駆けた。

第三章　脱　出

一

道三堀は、広義の意味での城内で、御曲輪《おくるわ》内にある銭瓶《ぜにがめ》橋と道三橋間の堀川のことをいう。そこへ行くには、呉服《ごふく》橋、あるいは常盤《ときわ》橋を渡らなければならないが、菊之助は北町奉行所に近い呉服橋を渡って道三堀に駆けつけた。

月も星も見えない空では風が鳴っていた。御用提灯がちらちらと河岸場でうごめいている。廻り方の同心らの指図で、股引《ももひき》姿の小者らが走りまわっていた。

菊之助は河岸に行って、暗い堀に目を注いだ。三艘《そう》の舟が浮かんでおり、提灯《ちょうちん》を持った町方らが堀のなかを探っていた。

油を流したような水面は、提灯の明かりを映していた。

「や、おまえは……」

菊之助が声に振り返ると、提灯をかざされた。相手は北町奉行所の中山周次郎だった。

「こんなところで何をしてやがる」

中山は吊り目を厳しくして、顔を近づけてきた。

「徳衛の女房の死体が揚がったと聞いてきたんです」

「……たしか、おぬしは同じ長屋のものだったな。どうにもあやしいやつだ」

中山は尖った顎を突き出して、片手で菊之助の肩をつかんだ。

「そいつはあやしいやつじゃありませんよ」

ふいの声に中山が一方を見ると、秀蔵がそばに立っていた。

「なんだ……？」

中山は菊之助と秀蔵を交互に見た。

「そいつはおれの手先です。ここにはおれが呼んだんですよ」

「横山の……ふん、そうだったか。どうも死体のあるところに顔を出しやがるから、妙だと思っていたんだ。そうか横山の……」

中山は菊之助を放して行こうとした。

「待ってください。先日の神田川の死体ですが、ほんとに掏摸《すり》だったんですね？」

立ち去ろうとした中山が立ち止まった。

「……ああ、やつは九八《きゅうはち》という、けちな流しの掏摸だった。下手《へた》をして斬り捨てられたのだろう。徳衛の巾着は、大方あの掏摸が掏《す》ったもんだろう」

「それで、その下手人は？」

「わからぬ。捜してはいるが、まだ手がかりはない」

「それで徳衛のことは？」

中山はひょいと肩をすくめると、横山をちらりと見て、そのまま行ってしまった。

「徳衛のことには関心がないようだな」

「そんなことはないだろうが、ま、こっちへ……」

秀蔵が菊之助をうながした。

「おあきの死体は？」

「今、見せる」

秀蔵は死体をのせた戸板のところに行き、筵をめくって、その顔を提灯でかざした。見た瞬間、菊之助は顔をそむけた。おあきに間違いなかった。

「どうして、おあきだとわかった?」

「北町の手先の聞き込みだ。偶然、会津屋の手代が呉服橋のそばにいて、そいつがたしかめてわかったという次第だ」

秀蔵が筵をかけ直すと、菊之助は仏に手を合わせた。

「いよいよおまえの話を真剣に聞かなきゃならないようだ」

秀蔵は立ちあがると、歩きはじめた。五郎七と次郎があとからついてくる。付近の探索はあらかた終わったらしく、町方らは引きあげていた。

風が強くなって、砂埃《すなぼこり》が巻きあげられ、着物の裾《すそ》がめくれた。

秀蔵は呉服橋を渡ると、元大工町《もとだいくちよう》の小さな居酒屋の暖簾をくぐった。入れ込みの隅《すみ》に腰を据えて、適当に酒と肴《さかな》を注文する。

おあきは道三堀のちょうど真ん中あたりに浮かんでいたそうだ。死因は心《しん》の臓《ぞう》をひと突きされてのことらしい。

「おそらく苦しむ間もなく死んだんだろうが、いったい誰がこんなことを……」

秀蔵はそれまでわかっている大まかなことを話して、言葉を結んだ。

黙って耳を傾けていた菊之助は、酒の入った猪口に口もつけず、じっと見つめていた。それから小さくつぶやくような声を漏らした。

「……おまえがおれの話をまともに聞かずにいたから、こんなことになったのだ」

菊之助は秀蔵をにらんだ。

「もっと早く手を打っていれば、おあきは殺されずにすんだかもしれない。そうではないか」

「ただ行方をくらましただけでは動けんのだ。そう怖い顔をするな」

「二人の子供が何者かに連れ去られていると聞いても、おまえは耳を貸さなかった」

「それもたしかなことかどうか、わからなかったのではないか……」

「あの子たちは攫《さら》われたのだ」

気まずい空気が二人の間に漂った。そばに控えている五郎七と次郎も黙り込んだ。店の女将《おかみ》の明るい声と、酔った客の笑い声がした。

秀蔵は何かを誤魔化すように空咳をして口を開いた。

「……ともかく、これから調べをする。おまえの気持ちは十分わかっている」

「詭弁《きべん》を吐くな」

菊之助はめずらしく腹を立てていた。握りしめていた猪口を口に持っていくと、あおるように飲んだ。それでも気分は収まらず、酒を注ぎ足してもうひと飲みした。

「そう荒れるんじゃない。何もしないわけじゃないんだ。やるべきことをやろうと思っているから、おめえを呼んだんじゃねえか。機嫌を直せ」

そういわれると、ますます腹が立ちそうだったが、冷静に考えれば町方の力を借りなければ、徳衛やその二人の子供を捜すのは難しいだろう。

「菊之助、ともかく徳衛の家族についてもう一度話を聞かせてくれ」

菊之助は秀蔵の端整《たんせい》な顔をにらんだ。秀蔵が頼む、と言葉を足す。

「憎たらしいやつだ。だが、まあ仕方ない。今度は耳をかっぽじって聞いてくれ」

秀蔵と話すと、どうしても言葉が荒くなる菊之助だ。もっとも市井に身を投じてからというもの、庶民の言葉に馴染んでもいるのではあるが、ともかくこれまで足を棒にして調べたことをかいつまんで話してやった。

「おあきは徳衛を捜しに、小石川馬場の近くまで行って……それが、なぜその道三堀で……徳衛の行方をつかみでもしたのか……」

話を聞き終わった秀蔵は、自問するようにつぶやいた。

「それを調べるのがおまえの役目だろう。あの北町の中山という同心は、どうも粗雑な調べしかしていないようだし……」

「あの人はいずれおまえに話を聞きに行くはずだ。何しろおあきは、北町のそばの堀で見つかっているのだからな」

「やる気のある男には見えないが……まあ、それはそれでいいさ。それでどこから手をつける？　おまえはまた、おれを手先扱いするようなことをいったが……」

「気に入らねえか……」

「正直にいえば気に入らねえな。後手《ごて》を踏んでやがるし……」

「厳しいことといいやがる。とにかくおまえの書付を見せてくれ」

菊之助は黙って書付を渡した。徳衛とおあきに関して調べた例のものである。

秀蔵は書付を食い入るように見てから顔をあげた。

「……なぜ、おあきは道三堀で……なぜだ……」

その疑問は菊之助も考えていることだった。御曲輪内は幕府の各役所と大名屋敷がある。町民の住居はないし、出入りの商人もかぎられている。それなのに、おあきの死体がそんな場所で見つかった。これは不可解なことであった。

「考えられるのは、徳衛が伊勢虎で飲んだ夜のことだ。店の小座敷で、ひとりの商人ふうの男を交えた侍連中が酒を飲んでいた」

「板倉鉄三郎という客だな」

「そうだ。おあきもその板倉を捜しに行っている。もしや、その板倉が道三堀近くにある屋敷に関わっているものだったら、何となくうなずける」

道三堀界隈には大名屋敷の他に、北町奉行所、評定所《ひようじようしよ》、伝奏《てんそう》屋敷、そして小普請《こぶしん》奉行と作事《さくじ》奉行の屋敷がある。板倉鉄三郎、あるいは伊勢虎で飲んでいた仲間が、それらの屋敷にいるのかもしれない。

もしそうだったとしても、どうやっておあきはそのことを突き止めたのだろうか？　また、なぜ徳衛はそんな男たちと関わるようなことになったのか？

菊之助は心の内に湧いた疑問を口にした。それに秀蔵が答えた。

「まずは、そっちのほうを調べてみる。おまえは子供を連れ去った男の足取りを追ってくれないか」

「……何も手がかりはないが、やるしかない。それから、もう一度徳衛とおあきのことを洗ってみよう」

しばらくして菊之助たちは店を出て、表で別れた。おあきの死体は一晩北町奉行所に預けられ、その後、源助店の大家と相談のうえ埋葬することになるらしい。

「菊さん、徳衛さんは伊勢虎で、その板倉って侍たちの話を聞いたんじゃないですか」

暗い夜道を歩きながら次郎がいった。菊之助も考えていることだった。

「それが聞かれちゃまずいようなことだったから、板倉たちは放っておけなくなった」

「次郎、おまえもなかなか考えるようになったな。じつは、おれもひょっとするとそうじゃないかと思っていたんだ」

「明日はどうします？」

「血腥《ちなまぐさ》いことになっているから、おれといっしょに動くんだ」

「わかりました」

先の道を、木戸番の番太が拍子木《ひょうしぎ》を鳴らしながら、火の用心の声をあげて路地に消えていった。

二

「遅かったですね」

戸口を入るなり、居間にいたお志津の顔が振り向けられた。そのそばには半紙が山のように散らばっていた。お志津の手は墨で真っ黒だ。

散らばっている半紙には誰かの似面絵《にづらえ》が描かれていた。

「おあきが殺された……」

框《かまち》に腰をおろし、渡された雑巾《ぞうきん》で足を拭きながらいった。

え？　と、お志津の目が丸くなった。

「夕方、道三堀に死体が浮いていたんだ」

「なぜ……」

お志津は表情をなくして菊之助を見た。

「なぜかはわからぬ。だが、おあきさんが殺されたのはたしかなことだ」

「どうしてそんなひどいことに……」

お志津は前垂れをぎゅっとつかんで、唇を結んだ。

「なぜそんな不幸が起きたかわからぬが、ようやく御番所の連中も重い腰をあげるようだ。遅すぎたのだが……」

居間にあがった菊之助は、散らばっている似面絵の一枚を手に取った。

「これは？」

「安吉ちゃんとおゆうちゃんを連れて行った男の顔を、必死に思いだして描いていたんです。こんなことになるなら、よく顔を見ておくんだったと悔やまれますが……」

「それで、どうなのだ？」

「これが似ているような気がします」

お志津は文机《ふづくえ》に載っていた一枚を、菊之助に渡した。

丸顔で眉が細かった。団子鼻の両脇から口許《くちもと》にかけて深いしわがある。特徴といえばそのくらいだろうか、あまり目立つような顔ではなかった。

「お志津、よく思い出してくれた」

菊之助は自然に、「お志津」と呼び捨てにしていた。

「役に立つかどうかわかりませんよ」

「いや、何もないよりマシだ」

「役立てられればいいのですけれど。あの、ご飯は……」

「まだだ」

お志津はすぐに支度をするといって、急いで散らばった半紙を片づけて台所に立った。菊之助は火鉢にあたりながら、似面絵を眺めた。

「でも、どうしてこんなことになってしまったのかしら。おあきさんが殺されるなんて……」

「うむ」

菊之助は火鉢にかけられた鉄瓶《てつびん》を見た。口から湯気が出ている。

「徳衛さんはどうなったのかしら。安吉ちゃんもおゆうちゃんも……」

菊之助は夕餉の支度をするお志津の後ろ姿を眺めた。白いうなじに髪のほつれ毛があった。菊之助はそのうなじを見ながらつぶやいた。

「何としてでも捜してみせる」

それは菊之助の決意だった。仕事はしばらく休もうと決めた。

酒と香の物を入れた小鉢を運んできたお志津が、そばに座った。

「何も心配いりませんから、そうしてください。どうぞ……」

お志津が酌をしてくれた。菊之助は黙って受けた。

「……菊さん」

「ん？」

「さっきのように呼び捨てでかまわないのですよ」

「は……」

盃を持ったままお志津を見た。何のことかわからなかった。

「さっき、わたしのことをお志津と、呼び捨てにされたわ」

「そうだったか……」

気づかなかった。菊之助は照れたように酒を飲んだ。

「これからもそう呼んでくださいませ」

顔をあげると、お志津が微笑んでいた。

「……そうしよう」

「わたしも、あなたとお呼びすることにいたします」

「うむ。好きに呼ぶがいい」

「でも、そんなことより、徳衛さんの家族のこと、何としてでもはっきりさせてください」

「秀蔵も動いてくれるんだ。何とかするさ、いや、何としてでもやらなければならん」

「お願いいたします」

三

「おゆう、泣くんじゃない」

安吉は妹の肩を抱いて慰めていた。

「でも、あの人たちは嘘ばかりついて、おっかあには会えない。会わせてくれるといったのに、会わせてくれないじゃない」

「……」

いってやるべき言葉を見つけられなかった。安吉はしくしく泣く妹の肩や背中をさすって、口を引き結び、龍の意匠《いしょう》を凝らした欄間《らんま》をにらむように見た。

「こんな着物まで着せて。おゆうはこんな着物なんかいらない、おっかあに会いたいよ、お兄ちゃん」

「おゆう、聞いてくれるか……」

おゆうが泣き濡れた顔をあげた。

「あの大人たちは嘘つきだ。おいらもそう思う。会わせると口でいうだけで、その気がないんだ。それに、こんな着物を……」

安吉は着せられた自分の着物を見た。それは上等なものだった。偉い武家の子と同じような立派な誂《あつら》え物で、とても庶民が着られるようなものではなかった。おゆうも同じように高価な着物を着せられていた。おまけに、安吉の髪は若衆《わかしゅ》髷《まげ》に結いあげられていた。

「おゆう、兄ちゃんは逃げようと思う」

「おゆうも一緒に……」

「駄目だ」

安吉は遮ってつづけた。

「おまえが一緒だと、すぐ捕まるかもしれない。だから、兄ちゃんが先に逃げて、おまえを連れ戻しにくる」

「……どうやって?」

「御番所《ごばんしょ》のお役人に頼むんだ」

「町奉行所のお役人に……」

「そうだ。あいつらはきっと悪いやつらだ。おれたちにこんな着物を着せて、武家の子らしく育てるといってるけど、そんなことは真《ま》っ平《ぴら》ごめんだ。そうじゃないか」

おゆうは声もなく、大きく目を瞠ってうなずいた。

「だけど、うまく逃げるには考えなきゃならない。やつらのいうことをいやがったり泣いたりしていると、おれたちはずっと、このどこかわからない屋敷から出ることができない。だからやつらを安心させるように、いうことを聞くんだ」

「そんなことは……」

「いいからそうするんだ。いい子になったふりをしているだけでいいんだ。そうすりゃ、あいつらは油断する。そのときを見て、おれが逃げる。逃げてお役人に頼んでおまえを助けにくる。おゆう、兄ちゃんのいうことがわかるか……」

「……お兄ちゃんが助けに来てくれるなら我慢する……」

「それなら、素直になったふりをするんだ。いいな、わかったな」

「……うん」

安吉は丸火鉢のそばに行って、火に手をかざした。火鉢のなかの熾火《おきび》をじっと眺めながら、ここはいったいどこなのだろうかと頭をめぐらした。

厠や井戸端に行ったとき、蹄の音をよく聞く。馬が多いところだ。安吉の頭に浮かぶのは、両国に近い初音《はつね》馬場だった。しかし、舟に乗った時間を考えると、そんなに近いところではない。

高砂町の長屋から初音馬場までは歩いていける。だが、ここはもっとそれより遠いところだ。かといって江戸から離れたところではないはずだった。

厠はともかく庭や井戸端に出るときには、必ず誰かが見張りについていた。これからも見張りはつくだろうが、どうにかして誤魔化さなければならなかった。

風に揺れる庭木が雨戸を引っかく音がしていた。屋敷はいつも静かで、家にいるものたちの話し声は、この座敷には聞こえてこなかった。ただ、屋敷にいる人数はだいたい見当がついていた。

自分とおゆうの面倒を見るといったあの侍は、名を鈴木房次郎《すずきふさじろう》といった。その鈴木以外に五人の男たちがいた。いつも声を低めて、ひそひそ話をしている。

「お兄ちゃん」

考え事をしていた安吉は、おゆうの声で我に返った。おゆうが目配せした。

そっちを見ると、いつの間に来たのか、襖を開けた鈴木房次郎がそばに立っていた。

「まだ、起きていたのか」

安吉はさっきおゆうにいったことを、盗み聞きされたのではないかと不安になった。だが、鈴木はそんな素振りは見せずに、二人の前に来て座った。頬にはいつものようにやわらかな笑みを浮かべていた。

「安吉、おゆう。淋しいだろうが、いずれこれにも慣れる。それからわたしのことを恨むでないよ。母親に会わせるといったが、その段取りがうまく運ばなくてな。申し訳ないが、もう少し待ってくれないか」

「嘘つき！」

おゆうが罵《ののし》るように叫んだ。

「おゆう……」

安吉はおゆうを見て、諫《いさ》めるように首を振った。おゆうは、はっとさっきのことを思いだした顔になって、うなだれた。

「そろそろ寝ることにします。それで、おっかあにはいつ会わせてもらえるんだい？」

安吉は鈴木の目を見て聞いた。

「明日の朝、そのことについて話をする」

「どんな話？」

「それは明日だ。ともかく今夜は休むことだ。床につきなさい」

安吉は不満そうな顔をしているおゆうを見て、そうすると鈴木に答えた。

「何度もいうが、おまえたちに不自由な思いはさせない。安心していなさい。わかったね。それじゃ明日だ」

鈴木は二人をしっかり見ると、静かに立ちあがって部屋を出ていった。

安吉は、すうっと閉められた襖を憎悪のこもった目でにらんだ。

四

寒い朝だった。

風も強く、木々の葉が舞い散り、地面を転がりかさついた音を立てていた。天《てん》水桶《すいおけ》にのせられた手桶もあちこちに転がっていた。

家を出た菊之助は、長屋の表で次郎と落ち合ってから岩井町へ向かった。徳衛家族が源助店に越してくる前に住んでいた長屋である。

菊之助は、その日から腰に大小を差すことにした。殺しがからんできているので、用心のためである。愛刀は亡父から譲り受けた「藤源次助眞《ふじげんじすけざね》」である。

「ひでえ風ですね」

「まったくだ」

二人は片腕で顔をおおうようにして、風に逆らいながら歩いていた。道行くものも手拭いで頬被《ほっかむ》りをしており、体を前に傾けていた。

柳原土手に近い岩井町の長屋の路地には、笊《ざる》や桶などが転がっており、どぶ板も外れていた。井戸端で大きな尻を突き出して、一心に洗い物をしているおかみがいたので声をかけた。

「徳衛さんですか？」

「そうだ。先月までこの長屋に住んでいて、高砂町に越したものだ」

「徳衛さんのことならよく知っていますよ。おあきさんとも仲がよかったし」

おかみは汚れた前垂れで手を拭きながら答えた。これはいい女に行き合ったと、菊之助は思った。

「じつは大変なことがあってな」

菊之助はそういってから、徳衛家族がつぎつぎと行方不明になり、その挙句《あげく》、おあきが死体となって発見されたことを話した。聞いたおかみは、信じられないというように目を丸くして、しばらく絶句した。

「ど、どうして、そんなことに……」

「それがわからぬからこうして聞きまわっているんだ。わたしらは別にあやしいものではない。町方の手先だ」

そういうと、隣に立っている次郎が十手《じって》を出して見せた。これは与力《よりき》や同心が使う房付きではなく、飾りのない十手である。

「それで、なにを？」

「もしやこの長屋で、揉め事か何か起こしていなかっただろうかと思ってな」

「徳衛さんが……いいえ、そんなことはありませんよ。徳衛さんは真面目で人当たりもよかったし、おあきさんだって気のいい人で、人によくいわれることはあっても恨まれるような人じゃありませんでしたから」

おかみは自信ありげにいって、おあきの死を悲しんだ。他の長屋のものにも聞いたが、返ってきたのは同じような言葉だった。

「前の長屋では何もなかったということか……」

表に出てから菊之助はつぶやいた。風は少し弱くなっていた。それでも空を流れる雲の動きは速い。

「どうします」

「うむ。わからないのが、おあきがなぜ道三堀に浮かんでいたかだ。道三堀で殺されたのか、それとも他のところで殺されたのか……」

「他のとこで殺されたのなら、なぜ道三堀なんかに……」

「ふむ、それもあるが、その前におあきが小石川馬場の近くまで行って、そこからどこへ行ったかだ」

「菊さん、もう一度その馬場の近くまで行ったらどうです。お志津さんが描いた似面絵が役に立つかもしれませんよ」

「そうだな」

二人は風の強い神田川沿いの道を歩き、水道橋を渡って小石川馬場をめざした。小石川築地に入る手前で冷たい雨がぱらついたが、すぐにやんだ。菊之助は空を流れる鈍色の雲を眺め、雨に降られなければよいがと思った。

馬場に行く前に辻番に寄ってみた。昨日は町人のなりだったが、今日は両刀を帯びているので、番人らは同じような驚き方をし、現金にも態度も言葉つきもがらりと変えた。ただし、似面絵の男に思いあたるものはいなかった。

最後に小石川馬場を訪ね、昨日の馬場守に会った。やはり、辻番の番人と同じように菊之助が侍だと知ると、馬鹿丁寧な態度になった。

「あの女が殺されていたと……ほんとですか？」

おあきのことをいうと馬場守は、口をあんぐり開けて驚いた。そこは馬小屋の横にある番屋で、馬糞の異臭が漂っていた。

「昨夜、道三堀に浮かんでいたのだ」

「どうして、そんなことに……」

「それはこっちが聞きたいことだ。ともかくこの男に似たものを知らないか？」

菊之助は似面絵を見せた。

馬場守はそれを食い入るように眺め、何度も首をかしげた。乗馬の稽古をしているものがおり、蹄の音が響いている。馬の蹴立てる埃が、ときどき菊之助たちのところまで吹き流されてきた。小石川馬場は東西に約九十間《けん》（約一六四メートル）、南北に約十一間（約二〇メートル）の幅があった。

似面絵に目を凝《こ》らす馬場守は、ときどきうめくような声を漏らしていた。

「どうだ……」

菊之助が馬場守をのぞき込むように見ると、

「何となくですが、似たような男がいます」

馬場守は顔をあげていった。

「なに、本当か？」

「いや、ただ似ているだけで、まるきし違うかもしれませんが……」

馬場守が教えてくれたのは、馬場の東を流れる水路を渡ったところの、生駒誠《いこませい》之助《のすけ》という旗本屋敷だった。馬場守はこの屋敷に、似面絵に似た男が出入りしているといった。

しかし、これは問題であった。相手が旗本なら無闇に近づくことはできない。町奉行所の与力・同心でも旗本の取り調べは御法度《ごはっと》なのだ。だが、菊之助は秀蔵の手先として動くことはあっても、一応は侍だ。

門の前で訪《おとな》いの声をかけると、しばらくして門脇の潜り戸から、着流しに脇《わき》差《ざし》だけを差した男が現れた。

「失礼ながらお訊ねいたしますが、こちらは生駒誠之助様のお屋敷に間違いございませぬか？」

菊之助は武士言葉に変えて訊ねた。相手はわずかに眉を動かし、

「いや当家ではない」

「はて、たしかにこちらだと伺ったのですが……」

「それより、そのほうら何ものだ？」

「荒金と申す浪人でござりまするが、人捜しをしておりまして、少しお訊ねしたい儀《ぎ》があるのでございますが……」

菊之助は相手の顔をじっくり見た。似面絵にはまったく似ていない。

「人捜しとはいかようなことだ。申せ」

一瞬ではあるが、男の目が警戒するような光を帯びた。菊之助は、これは用心が必要ではないかと思った。もし、この屋敷に徳衛と子供がかくまわれているなら、うっかりしたことはいえない。

「いえ、こちらが生駒様のお屋敷でなければ結構でございますが、それではいったいどなた様のお屋敷でございまするか？」

菊之助はそういいながら、庭から玄関を探るように見た。

「おぬしに答えるいわれなどない」

男はぞんざいにいい放つや、ばたんと潜り戸を閉めた。しかし、扉の向こうにいる男はすぐには立ち去る気配がなかった。菊之助も息を殺して、しばらくその場に佇《たたず》み、今し方見たばかりのことを脳裏に思い浮かべた。

庭の手入れはされておらず、落ち葉が散らばっていた。それに雨戸が閉められていた。戸締まりをしているのは、強い風のせいか、あるいは出かけるつもりなのか。しかし、目の前の男は外出《そとで》をするなりではなかった。

「菊さん、どうしたんです？」

「うむ」

さっと、きびすを返した菊之助は、目を厳しくして、

「次郎、この屋敷をしばらく見張ろう。何か妙に臭う」

「ひょっとして……」

次郎は顔をこわばらせた。

五

安吉はぐっと奥歯を噛み、口を真一文字に結んで、鈴木房次郎をにらむように見ていた。隣に座っているおゆうは、うなだれたまましくしく泣いていた。

「ともかく、おまえたちは当家の子として育てることになった。そのことをしっかり肝《きも》に銘《めい》じておくのだ。……よいな」

安吉は膝の上の拳を固く握りしめた。

鈴木は四十半ばの男で、よく日に焼けていた。その目は理知的でもあり、野性

的でもあった。濃い眉に二重瞼《ふたえまぶた》、どっしりした鼻の下に大きな口があった。

「おゆう、そう泣くでない。いずれ母上と会える日もこよう。それまでの辛抱だ」

「いやだ。おっかあに会いたい、おとうに会いたい……」

ぐずるように泣くおゆうに、鈴木は辟易《へきえき》したように首を振った。

「おゆう、無理をいうでない。ちゃんとした礼儀作法と武士の子らしい言葉を覚えたら、母上と会わせてやる。それまでおとなしく、わたしらのいいつけを守るのだ。よいな」

「おじさん」

安吉はキッとした目で鈴木を見た。

「これ、おじさんではない、叔父上《おじうえ》と呼ぶのだ」

安吉はしばし口ごもって、叔父上といい換えてつづけた。

「いうことを聞けば、おっかあ、ううん、母上に会わせてくれるんだね」

鈴木は「そうだ」というようにうなずいた。

「ほんとに会わせてくれるんだね」

「ああ。だから、いわれたことを守るのだ。よいな」

鈴木は目尻にしわを増やし、口許をゆるめて諭《さと》すようにいった。

「今日はあれこれ忙しいので、明日から読み書きを教えることにいたそう。今日は好きにしていなさい。下がってよいぞ」

安吉は泣いているおゆうの腕をつかんで、立ちあがらせようとした。

「これこれ、そうではないだろう。きちんと手をついて頭を下げてから……」

安吉は仕方なくいわれるとおりにした。おゆうも泣きながら、それにならった。

それから奥座敷に向かったが、安吉は廊下から見える庭を見た。屋敷は高い塀で囲まれており、庭には荒れ放題の築山《つきやま》があった。庭の枯れ木で百舌《もず》が鳴いていた。

「おゆう、もう泣くな。泣いてもおっかあには会えないんだ」

「じゃあ、いつ会えるの？」

泣きどおしのおゆうの目は赤くなっていた。

安吉は、それは、といって口をつぐんでから言葉をつないだ。

「……とにかく、兄ちゃんがこの家から逃げて、必ずおまえを連れに来る。そして、おっかあに会おう」

「おっかあは家にいるかな……？」

「いればいいけど……」

安吉には不吉な予感があった。

ひょっとしたら一生母親に会えないのではないかという不安だった。それに、鈴木房次郎は、自分たちをうまく誤魔化しているようでならない。なぜ、武家の子のような躾《しつけ》をされるのかもわからない。

「お兄ちゃん、わたしもいっしょに逃げたい。駄目かな……」

安吉は首を横に振って駄目だといった。

「おまえはここで待ってろ。兄ちゃんは絶対戻ってくるから」

「……でも、いつ逃げるの？」

安吉はしばらく考えてから、今夜だといった。

それから屋敷にいるものたちの顔をひとりずつ、脳裏に浮かべた。

田中《たなか》と呼ばれる男、眉が一本棒みたいで髭《ひげ》の濃い男、四角い顔の男、又吉《またきち》という小者がひとり……。他にもいるようだが、安吉が会っているのは鈴木房次郎を含めて五人だった。

家のなかにいるときはそうではないが、一歩玄関を出ると小者が必ず見張っていた。だが、安吉は庭を散策するように歩きながら、逃げるとしたらどこから逃げられるかを下見していた。裏庭に梨の木があった。その一本の枝が塀に張り出していた。

逃げるとすれば、あの梨の木だと、安吉は心の内に決めていた。

「晩になったら逃げる」

安吉は思いつめた顔でつぶやいた。

六

呉服橋御門内にある上野国《こうずけ》館林《たてばやし》藩上屋敷から出た駕籠《かご》は、日本橋を抜け浜町《はまちょう》堀《ぼり》に出て中屋敷に向かっていた。

駕籠のなかには館林藩留守居役《るすいやく》の長谷川資宗《はせがわすけむね》が乗っていた。留守居役は江戸に在府して諸藩はもとより、幕府との折衝《せっしょう》をする、いわば藩の外交官であった。

この日、長谷川は上屋敷で在府中の藩主・松平斉厚《まつだいらなりあつ》と江戸家老《がろう》を交えて、将軍世嗣《せいし》の徳川家慶《とくがわいえよし》に新たに子が誕生するにあたり、どのような御進物《ごしんもつ》を贈るべきかを話していたのだった。

和子《わこ》の誕生は来春を待たねばならないが、諸藩の大名は御懐妊《かいにん》の報を受けたそのときから祝いの準備に入るのが習わしであった。ちなみに誕生するのは、来《きた》る文政《ぶんせい》七（一八二四）年四月八日のことである。その子は男子であり、家慶ののちに十三代将軍となる家定《いえさだ》であった。

もっとも、今の時点で男子か女子かは不明であるが、男と女では祝いの進物は違ってくる。長谷川はそのことを藩主と相談していたのであった。

長谷川は、藩主が国許《くにもと》にいる場合は、上屋敷に住まっているが、藩主が参勤で江戸に在府している間は中屋敷に住まいを移していた。

その日は朝から強い風が吹いていたが、日が暮れてからは風も収まっていた。ただ、寒気が厳しくなっており、駕籠に揺られる長谷川は、隙間《すきま》から入ってくる冷たい風に何度も身震いをした。

駕籠は浜町堀を大川のほうへ進んでいる。駕籠の前後には二人の供侍《ともざむらい》と、小者三人がついていた。美濃《みの》国加納《かのう》藩上屋敷前にある組合《くみあい》橋を渡れば、そこが中屋敷であった。

長谷川は屋敷に着いたら熱い酒を飲もうと思った。簾《すだれ》をめくると、もう組合橋を渡っているようである。供のものが持つ提灯の明かりが、浜町堀に映り込んでいた。

そんな声がして駕籠が下ろされたのは、橋を渡ってすぐのところだった。

「何者ッ」

「狼藉《ろうぜき》は許さぬ！」

後藤《ごとう》という供侍が刀を引き抜いたのは、長谷川が何事かと思って簾をめくったときだった。どこから現れたのか、駕籠のまわりに五人の男たちがいた。どれも黒覆面をして、顔を見られないようにしていた。

後藤がひとりの男と撃ち合った。鋼《はがね》のぶつかる音が響き、火花が散った。

はっと顔をこわばらせた長谷川は駕籠を這《は》い出ると、すぐさま刀を引き抜いた。

「何故《なにゆえ》の狼藉だ！」

刀を青眼《せいがん》に構えていうと、ひとりの黒覆面が間合いを詰めてきた。相手は尋《じん》常《じょう》ならざる殺気を全身にまとっていた。その気迫に長谷川は押されて、じりじり下がった。

「長谷川資宗、天誅《てんちゅう》だ」

間合いを詰めてくる男が、覆面のなかからくぐもった声を漏らした。そのとき、後藤が短い悲鳴をあげて、斬り倒された。護衛についてきたもうひとりの間部《まなべ》という供侍は、ひとりの黒覆面と鍔《つば》迫《ぜ》り合《あ》いをしていた。ついてきた小者のひとりは逃げるところを背中から斬られ、堀のなかに水音を立てて落ちた。

さらに新介《しんすけ》という小者も袈裟懸《けさが》けに斬られ、柳の幹にもたれるようにして倒れた。駕籠かきは悲鳴をあげて逃げていた。

「御留守居役、お逃げくだされ」

鍔迫り合いをしていた間部が、ぱっと相手から離れていった。だが、長谷川は殺気をみなぎらせた男に、追いつめられるように下がるだけだった。

「早く、お逃げくだされ」

間部がもう一度呼びかけてきた。だが、長谷川は逃げることができなかった。

「何故の所業《しょぎょう》だ。わけを申せ。館林藩松平家家中のものと知ってのことか」

勇気を振り絞っていったが、声はかすかに震えていた。気後《きおく》れして、追い込まれているうちに雪駄《せった》が脱げ、足袋裸足《たびはだし》になった。

背中に氷をあてられたような悪寒《おかん》が走った。

相手が無言で迫ってくる。青眼から脇構《わきがま》えになり、右足を大きく踏み込んできた。

「ひっ」

思わず、悲鳴をあげて後じさった。そのとき、間部が肩口を斬られるのが見えた。迸《ほとばし》る血潮が闇のなかに黒い筋を描いた。

追い込まれている長谷川は大声をあげて助けを呼びたかった。だが、恐怖のせいで声が喉に張りついて出てこなかった。口がからからに乾いてもいた。目の端で逃げ場はないかと探した。すでに小者も供侍も斬り倒されている。長谷川は黒覆面の男五人に囲まれた恰好になっていた。

「ひと思いにやれ」

迫ってくる男に、隣の仲間がいった。

「うむ」

迫り来る男の目が闇のなかで、ぎらりと光ったつぎの瞬間、刀がうなりをあげた。長谷川は胴腹《どうばら》に強い衝撃を覚えた。自然に体が折れるように曲がった。今度は首の付け根に衝撃を受けた。

悲鳴を漏らすこともできず、長谷川はそのまま倒れた。立ち去る男たちの足音をかすかに聞いたが、意識はそこで途絶えた。

七

安吉は奥座敷から廊下を進み、台所に行った。

居間の火鉢にあたっていた小者の又吉が安吉を見た。

「どこへ行かれます」

「水」

安吉は短く答えて水瓶《みずがめ》のそばにゆき、柄杓《ひしゃく》を手に取った。それからゆっくり水をすくい取り、なめるように飲んだ。やはり、今夜は小者ひとりしか残っていない。他のものはどこかへ出かけたのだ。

夕刻、鈴木房次郎がやってきて、今夜は遅くなるがおとなしくしていろといった。それから間もなくして、鈴木と他のものたちが間を置いて、屋敷を出て行った。安吉はそれを縁側で見ていた。そのとき、やはり逃げるのは今夜しかないと強く思った。

「叔父上はどちらです」

水を飲んでから、覚えたての武士言葉で居間にいる又吉に聞いた。

「もうじきお帰りでしょうが、もう遅いから、そろそろ休まれたらいかがです」

「そうします」

安吉は、大きな欠伸《あくび》をしてのんびり煙草を吸いはじめた又吉を一瞥《いちべつ》して、奥の座敷に向かった。廊下を歩きながら、早くしなければ鈴木たちが戻ってくると焦《あせ》った。

だが、居間に又吉がいては逃げるのが難しい。雨戸を開ければ音がするから、必ずあの小者はやってくる。

部屋に戻った安吉は、柱にもたれ舟を漕《こ》いでいるおゆうを見てから、この家の造りを頭に思い描いた。

奥座敷から居間まで、大小の座敷が四つあった。廊下をつたって行くこともできるし、順繰りに襖を開けていくこともできる。居間の隣にはさらに二つの小部屋があった。

台所は玄関から入った土間を進んだ奥で、そこには勝手口があった。逃げるためには玄関から出るか、勝手口から出る以外になかった。

どうしようかと、心は焦るばかりでいい方法が見つからない。ただ、目をつけたものがあった。戸口の心張《しんば》り棒だ。あれで、見張っている又吉を襲ったらどうだろうかと考えたが、又吉は猪首《いくび》で頑丈な体をしている。失敗すれば簡単にねじ伏せられるだろう。それに、棒を持って襲うことに自信がなかった。

「お兄ちゃん」

呼びかけられて、安吉はおゆうを見た。

「眠いんだったら布団を敷こうか」

「ううん。まだ大丈夫」

「寒くないか」

「平気」

おゆうがそう答えたとき、安吉はおゆうの肩越しに見える押入《おしいれ》を見た。もしやと思って立ちあがり、押入をあけて、天井を見た。天井には薄い板が張られているだけだった。

安吉は布団を引きだすと、押入のなかに入って、天井板を押してみた。ビクともしなかった。もう一度やってみたが、天井板はしっかり打ちつけられていた。がっくり肩を落として、押入を出るしかなかった。

「どうしたの」

おゆうの黒い瞳がきらきら光っていた。

「居間で見張っている又吉が邪魔なんだ」

安吉は唇を噛んでいった。

そのとき、五つ（午後八時）を知らせる鐘の音が聞こえてきた。

「菊さん、もう五つですよ。まだ見張ってるんですか」

「もう少し様子を見よう」

「……腹減ったな」

愚痴をこぼす次郎は腹を押さえた。腹の虫がグウと鳴いた。

「飯はあとでたんまり食わせてやる」

菊之助は半町（約五五メートル）ほど先にある屋敷に目を向けつづけている。

昼間訪ねた生駒誠之助の屋敷だ。しかし、その屋敷に生駒誠之助は住んでいないことがあとでわかっていた。

生駒誠之助は幕府の御使番《おつかいばん》を務めあげてから隠居し、半年前に他界しており、今は息女《そくじょ》の身内が屋敷に住んでいるという話だった。これは近くの辻番に聞いてわかったことだが、息女の身内の名ははっきりしていなかった。

それに、その身内も常に住んでいるわけではなく、ときどき思い出したようにやってくるだけらしい。庭が荒れていたのはそのことで納得がいった。

屋敷は五百坪ほどの広さだった。昼間訪ねたとき、応対に出てきた男は、日が暮れてから小者ひとりを連れて家を出て行った。その他に何人かの出入りはあったが、お志津の描いた似面絵に似た男はいなかった。

気になることがある。昼間応対に出てきた男は、生駒誠之助の屋敷かと訊ねたとき、当家ではないといった。生駒の息女の身内であれば、そんな受け答えはしないはずだ。

あの男、うっかり口を滑らしたのではないか……。

菊之助と次郎がいるのは、御徒組《おかちぐみ》の大縄地《おおなわち》の一画にある植え込みのなかだった。ちょうど、そこから屋敷の表門と裏口を見ることができた。大縄地とは、同じ組に属する下級武士たちに与えられた住居地のことである。

菊之助はどうするか考えた。まったく無駄なことをしているのかもしれないという思いが、だんだん強くなっていた。それに、秀蔵の探索も気になっていた。

暗い空には相も変わらず低い雲がたれ込めている。ときどき、雲の切れ間に月や星が見えたが、すぐに雲に遮られていった。

「次郎、引きあげるとするか。秀蔵の調べが気になってきた。何かわかっているかもしれない」

「おいらもそれが気になっていたんですよ」

立ちあがった次郎は、両手に息を吹きかけた。


そのころ、安吉は台所の勝手口から抜け出して、例の梨の木にしがみつくようにして登っているところだった。見張りの小者が居眠りをした隙に、うまい具合に抜け出したのだ。

梨の木はさほど大きくはないが、八歳の安吉はもてあましていた。どうにか一間ほど登ったのだが、足を踏ん張るところがなく、つかんだ枝がぽきりと折れてしまった。

それでも安吉は尺取り虫のように体を動かして、さらに一尺ほど登った。ようやく太い枝をつかむことができた。だが、ホッと気を抜いたその瞬間、足が滑った。

「あ」

小さな声を漏らした安吉は、片手一本で枝にぶら下がってしまった。その腕に渾身《こんしん》の力を込めて、もう一方の手で枝をつかんだ。それから両足を枝にからませ、枝を抱くようにして先に進んでいった。

もうすぐ塀の屋根に着く。腕の力が尽きそうだったが、安吉は必死になって枝を抱くようにして進み、ようやく塀の上に足をつけることができた。

闇に塗り込められたあたりを見まわし、息を整えた。付近に人の姿はなかった。見張りの小者にも気づかれていない。

安吉は大きく息を吸って吐き出すと、塀の屋根を蹴って地面に飛び下りた。

そのとき、道の先に提灯の明かりが見えた。安吉は顔をこわばらせて立ちあがると、そのまま駆け出した。

第四章　牢屋敷裏

一

安吉は闇のなかを駆けに駆けた。まずはあの屋敷から遠くに逃げることだけしか頭になかった。風は冷たかったが、体は汗を噴き出していた。

しかし、どこをどう走っているのか皆目《かいもく》わからなかった。ときどき立ち止まって、どっちに行こうかと迷い、自分の勘を頼りにまた駆けた。ところがどういうわけか、行き着くのは武家地ばかりである。武家地を抜けたと思えば、そこは寺の境内《けいだい》であったりした。まったくの迷子になっていた。

しかし、大きな大名屋敷の長塀を過ぎたときに、ようやく町屋に辿り着いた。近くの自身番に駆け込もうとしたが、安吉は躊躇《ためら》った。

番屋の戸障子にはあわい明かりがあるが、もしあの屋敷のそばに自分がいるのだったら、手配されているかもしれないと危惧《きぐ》したのだ。何しろ同じところを駆け回っていたことに気づいたことが二度ばかりあった。

もっと遠くへと思った。町屋を抜けると、そこには大きな池があった。

どこだろうか……？

ぼんやり立ちつくして、漆黒《しっこく》の闇に覆われた広い池を眺めた。こんな広い池を見たのは初めてだった。

安吉は額と首筋に流れる汗をぬぐって、また小走りになった。一町（約一〇九メートル）ほど行ったところで、提灯を提《さ》げた数人の男たちを見た。

安吉はとっさに物陰に隠れた。もしや、鈴木房次郎たちではないかと思ったのだ。男たちはこっちに向かってきていたが、途中の脇道にそれていなくなった。

安吉は息を整えてから、また走りだした。

どこかで犬の遠吠えがしていた。梟《ふくろう》の声も聞こえた。そして、自分の荒い息も。

屋敷を出るときから草履《ぞうり》は履いていなかったので、裸足だった。体温を奪う冷たい地面のせいで、足の指がかじかんでいた。安吉は立ち止まるたびに、足の指を揉み、息を吹きかけた。

高砂町はどっちだろうかと、暗い闇に遠い目を向けるが、さっぱりわからなかった。

提灯を持った侍たちが消えたあたりから三町（約三二七メートル）ほど行ったとき、思いがけずそばに黒い影が、ぬっと、それはまさに幽霊のように現れた。安吉は大いに驚くと同時に、慌《あわ》てふためいた。腰を抜かしそうになりながら脇に逃げたとき、足が空を踏んだ。

「あっ」

声を出したときはもう遅かった。

安吉は冷たい水のなかに落ちていた。

二

上野国館林藩の留守居役が刺客《しかく》に襲われ、暗殺されたということを知ったのは、その朝、菊之助が井戸端に洗面をしに行ったときのことである。

教えてくれたのは木戸番の吉蔵《きちぞう》だった。風邪でも引いているのか、首に手拭いを巻き、額に頭痛膏《こう》を貼っていた。

「ちょうど組合橋を渡ったとこですよ。そりゃもう大変な騒ぎでしてね。あっしもおそるおそる見に行ったんですが、あっちにもこっちにも死体が転がっておりましてね」

吉蔵はぶるっと体を震わせた。死体は全部で六つあったそうだ。

「その死体のなかに御留守居役がいたらしいんですよ」

「なぜ、そんなことが……」

「そりゃ、あっしにはわからないことで……。おお、寒ッ」

吉蔵は肩をすぼめ、足踏みをして戻っていった。

菊之助は冷たい水で顔を洗ってから、何か引っかかりを覚え、空を見あげた。空は高く澄みわたっており、鳶《とび》が声を降らしていた。その空を見ながら考えたが、よくわからなかった。

家に戻りかけていると、長屋の路地に小者二人を連れた町方の姿が見えた。北町奉行所定町廻り同心の中山周次郎だった。菊之助と目が合うと、尖った顎をしゃくって、おう、と声をかけてきた。

「ちょうどよかった。おぬしを訪ねるところだったのだ」

中山はそばに来ると、一度あたりを見まわしてから菊之助に視線を戻した。

「徳衛の家はどこだ？」

「木戸から二番目の家です」

中山はそっちに目を向けて、あそこかとつぶやいた。

「徳衛は戻っていないんだな？」

「いません。子供も然《しか》りです」

「さてさて、いったいどういうことになっているんだ。聞いたところ、おぬしは徳衛のことをあれこれ調べているようだが、何か気づいたことはないか」

「今のところ、これといったことは……」

「もったいぶらずに知っていることがあったら教えろ」

こういう人を見下した頭ごなしなものいいは、菊之助のもっとも嫌うことだった。むっと来たが、顔には表さなかった。

「あれこれ調べてはみましたが、これといったことはありません」

「横山にはあれこれ話しているのではないか」

中山は吊り目を厳しくした。

「手がかりになるようなものは、まだ何もないんです」

「そうかい」

「それより、神田川に浮かんでいた掏摸《すり》がいましたね。徳衛の巾着を持っていた九八というものです。やつがどこで徳衛の巾着を掏《す》ったか見当つきませんか？」

「どうしてそんなことを……？」

中山は手が冷たいのか、両手を袖のなかに引っ込めた。

「掏られた場所がわかれば、徳衛がその近くにいるかもしれないでしょう」

「ふむ。面白いことをいいやがる。だが、徳衛が落とした巾着を拾ったものが、運悪く九八に掏られたということも考えられる」

「……たしかに」

菊之助は答えながら連れの小者を見た。その肩越しに長屋の住人の顔が見えた。菊之助と八丁堀同心が、朝早くから立ち話をしていることに興味があるのだろう。

「だが、あの九八の死体はどうも神田川の上から流れてきたようだ。学問所のあたりか、それとも水道橋のあたりか、ひょっとするともっと上のほうかもしれぬが、いずれにしろけちな掏摸野郎だ。どこで斬られようが、たいしたことではない」

掏摸の味方をするわけではないが、そのいい方も菊之助は気に入らなかった。

罪人だろうが善人だろうが、死んだものに対する気遣いはあっていいだろう。だが、菊之助は黙っていた。

「ともかくおれは、道三堀で揚がったおあきの件にかかりきりだ。何かあったら、すぐに知らせるんだ。この近くで昨夜、殺しがあったというのに、まったくの貧乏くじだ」

「館林藩の御留守居役のことですね。下手人は？」

中山は眉宇《びう》をひそめて、じっと見つめてきた。

「逃げた駕籠かきがいうには、曲者《くせもの》は五人だとか。どいつもこいつも黒い頭巾をしていたそうだ。まあ、こっちは目付《めつけ》の調べもあるから、番所のほうはあまり派手に動けないからな。ともかく気がついたことがあったら、いつでもいいから知らせてくれ」

中山はそのまま小者を連れて長屋を出ていった。

菊之助が秀蔵に会ったのは、中山周次郎と別れてから一刻《いっとき》（約二時間）後のことだった。場所は楓川に架かる海賊橋《かいぞく》近くの茶店で、まだ朝も早いというのに、秀蔵は甘いものを食べながら自分の調べを口にしていた。

「道三堀界隈のどの屋敷にも、板倉鉄三郎という男はいない。また、徳衛が勤めている会津屋もあのあたりには出入りしていない。要するに、おあきも徳衛も道三堀に行く用事があったとは思えぬのだ」

秀蔵は話を結ぶと、几帳面《きちょうめん》にたたんである手拭いで口のあたりをぬぐって、茶を飲んだ。

「それで、おまえのほうはどうだ」

「ちょっと気になる屋敷がある。昨日はそこを見張っていたのだが、結局何もわからなかった。ただ、この似面絵に似た男が、その屋敷に出入りしているようなことを耳にしているんだ」

「これは……」

似面絵を受け取った秀蔵は、菊之助を見た。

「昨日いい忘れていたが、安吉とおゆうを連れて行った男だ。お志津が思い出して描いてくれたのだ。果たしてどこまで似ているかはわからぬが……」

秀蔵はきりっと目を厳しくして、そばにいる五郎七を呼んだ。

「これを近くの絵師のとこへ持って行って、同じものを五枚ほど描かせろ。その橋を渡った坂本町《さかもとちょう》に住んでいる、鳥居定斎《とりいじょうさい》という絵師は知っているな」

「へえ」

「定斎殿がいなければ、絵師は誰でもいい。急げ」

五郎七が去ると、菊之助は昨日見張っていた屋敷のことを話した。

「そうか、おまえの話を聞けば、たしかにその屋敷は臭いな」

「おれの調べにはかぎりがある。おまえのほうで、探りを入れてくれないか」

「わかった。詳しい場所を教えろ」

菊之助は生駒誠之助の屋敷への道順と、大まかな目印を説明した。

「死んだ生駒殿は、元御公儀の御使番だったそうだ。息女が屋敷をあずかっているという話なのだが、どうもそうではないような気がしてならない」

「元御使番だったらすぐにわかるはずだ」

御使番は、端的にいえば幕府内部の伝令や外部への連絡役であった。

「ところで昨夜、おまえの家の近くで殺しがあったのは聞いているか？」

秀蔵は話を変えた。

「うちの木戸番から聞いた。今朝、北町の中山さんもおれのところへ来て、そのことを話していた。目付扱いだといっても、ぼやいていたが……」

「目付扱いだといっても、駆けつけたのは中山さん以外の取締方だ。そいつらに手柄を持って行かれるのが口惜《くや》しいんだろう」

「それじゃ、御番所のほうで調べているのか?」

「いずれ目付が片づけることになるだろうが、しばらくは番所も動くさ」

大名家の不祥事は、幕府目付と藩の目付で調べて裁くことになっている。よって、最後まで町奉行所は関わらないのだ。

「しかし、留守居役がなぜ殺されるのか……館林藩松平家といえば、昨年まで寺社奉行を務められていた大名家。逃げた駕籠かきの話だと、単なる辻斬りではなく、暗殺のようだ。藩内で何かあったのかもしれぬな」

秀蔵は何気なくいったつもりだろうが、菊之助はこのとき、今朝、井戸端ではたと頭に閃《ひらめ》いたことに思いあたった。目をかっと見開くと、

「そうだったか……」

と、思わずつぶやいていた。

菊之助は目を瞠ったまま秀蔵を見た。

「いかがした」

「殺されたのは館林藩の御留守居役だったな。それも中屋敷前で」

「そうだ」

「おあきの死体が浮かんでいたのは道三堀だ。そのそばには館林藩の上屋敷があ

る。ひょっとすると、御留守居役の件とおあきの件はどこかでつながっていないだろうか……」

「おあきと……御留守居役が……」

秀蔵は目を厳しくして、遠くを見た。

三

「どうだ……」

茂吉《もきち》は三和土《たたき》に入り、戸を閉めてから女房のおとみに聞いた。

おとみは首を振って、床に寝ている安吉の顔を見た。もちろん、この老夫婦は子供の名が安吉だとは知らない。

茂吉も部屋にあがって、安吉を見た。安吉は寝汗をかいており、額には濡れ手拭いがのせられていた。

「熱はまだ下がらないか」

「煎《せん》じ薬を飲ませようとするけど、起きないんだよ」

「ずっと眠ったままか……」

「水に落ちたとき、頭でも打っておかしくなってるんじゃないだろうね」

「そんなことはないさ。どこにも瘤《こぶ》はないんだ。それより、ちょいと外へ……」

茂吉はおとみを外に連れ出すと、声をひそめた。

「あの子はきっとどこかの偉いお武家様の子に違いない。大事に看病して届けてやれば、きっと褒美《ほうび》がもらえる」

「大金をくれるかね」

おとみは物欲しそうな目を輝かせていう。

「人助けをするんだ。ただってことはないだろう」

茂吉は頭のなかで算盤《そろばん》を弾いた。人助けをするのだ。一両二両の端金《はしたがね》ではないはずだ。

「でも、どこの子かねえ。偉い殿様の子だったら、大変だよ」

「そうだったら、どれだけありがたがられることか……」

「ねえ、医者に診《み》せたらどうだい」

「馬鹿いえ、どこにそんな金がある。それに医者に診せて、あっさりあの子のことがわかったらどうする。日がたてばたつほど、相手のありがたみも大きくなるってもんだ。それが人ってもんじゃないか」

「あんたは、妙なところに頭がまわるんだから」

「ともかく大事に看病しようじゃないか。さ、なかへ……」

二軒隣の女房が厠《かわや》から出てきたので、茂吉は逃げるように家のなかに戻った。

それから安吉の枕許に座って、じっと安吉の顔をのぞき込んだ。そのとき、安吉の口が震えるように動いた。

「……おゆう、おゆう……」

茂吉とおとみは顔を見合わせた。

「おゆうっていったよ、あんた」

「うん。誰だろ？」

茂吉は安吉がまた何かしゃべりはしないかと思って、じっと寝顔を見つめた。だが、安吉は口をかすかに開いたまま寝息を漏らすだけだった。

茂吉は昨夜のことを思い出した。

月の当番で番屋に詰めていた茂吉は、ひとりで夜廻りに出た。夜廻りは普通二人でするものだが、一緒にまわる番人が寝入ったまま起きないので、そのままにしておいたのだ。それに、池之端七軒町《いけのはたしちけんちょう》は小さな町なので、一回りするのは造作《ぞうさ》もないことだった。

提灯の明かりが消えたのは、番屋を出てすぐのことだ。

だが、茂吉は蠟燭《ろうそく》を替えるのが面倒だった。目をつむっていても歩ける町なので、そのまま夜廻りをすることにした。

それは表通りに出たときだった。不忍池《しのばずのいけ》の西側を流れる大下水のそばに黒い人の影があった。誰だろうと思って目をしょぼつかせたとき、その影が茂吉に気づいて大いに驚き、その弾みに足を滑らせて大下水に落ちてしまった。

茂吉は慌てて助けようとしたが、大下水のなかは暗くてよく見えなかった。それで急いで蠟燭の入っている提灯を取りに戻って、引き返してきた。

大下水のなかに落ちたのは子供だった。茂吉は気を失っている子供の襟をつかんで、岸辺に引き寄せて助けあげて、着ている着物を見た。その辺の町人の子が着ているような古着や安物ではなかった。それに髪を若衆髷《わかしゆまげ》に結ってある。武家の子に違いなかった。

茂吉はそのまま番屋に運ぼうと思ったが、途中で待てよ、と足を止めた。着物を見るかぎり、貧乏侍の子ではない。どこかの偉い旗本の子に違いない。そんな子供を助けたとなれば、どれだけ感謝されるだろうかと考えた。

子供は自分に驚いて足を滑らしたのだが、暗闇だったので自分の顔は見られていない。大下水に落ちているのを助けたとなれば、自分は命の恩人になる。

そうなると、大変な褒美が待っているのではないかと考えた。貧乏人の浅ましさだが、茂吉は舌なめずりをして、安吉を家に運び込んだのだった。

「あんた、手拭いを替えてあげよう」

おとみの声で、茂吉は我に返り、熱にうなされている安吉の汗を拭いてやった。

「気がついたら、薬を飲ませてやろうじゃないか。それから二、三日大事を取ってから、この子の屋敷に連れてゆくんだ」

「どこの屋敷なんだろうね。大きな殿様の子だったら、恩返しがすごいんじゃないか」

「おまえはそんなことばかりいいやがる」

そういう茂吉も、じつはそのことしか頭にないのではあるが。

「しかし、どうしてあんな時分にあんなところにいたんだろう……」

「親にどやされて、屋敷を飛び出したんじゃないの。向かいの完助《かんすけ》はそんなことしょっちゅうしてるじゃないのさ」

「そうかもしれないな。貧乏長屋の子もお武家の子も、所詮《しょせん》は同じ人の子供だからな。おまえ、くっちゃべってばかりいないで手拭いを早く絞りなよ」

四

神田川の畔《ほとり》に立つ菊之助は、ゆるやかな流れを見ていった。

「おいらが騒ぎに気づいたときには引き揚げられてましたが、たしかこの辺に浮いていたはずです」

「このあたりで九八は揚げられたのだな」

菊之助と次郎は昌平橋に近い河岸場にいた。人足らが船着き場につけられた荷船や猪牙舟《ちょきぶね》から、積み荷を降ろしていた。

菊之助は上流に目をやった。中山周次郎は、九八は上のほうから流れてきたといった。つまり、九八は上流で斬られて川に落とされたということになる。

「次郎、上のほうへ行ってみるか」

菊之助は歩きだした。神田川沿いに昌平坂を登ってゆく。右手に幕府の学問所である昌平黌《しょうへいこう》がある。幾度もの火災にあい、その度に建て替えられた大成殿《たいせいでん》が、冬枯れのはじまった森の奥に見える。空には細いすじ雲が浮かんでいた。

「……九八が徳衛の巾着を盗んだのか。それがわかれば、徳衛の行方をつかむ手がかりになるはずだ」

「へえ、もうそれは聞いてますよ」

次郎が坂を登りながら応じた。

「ただ、斬ったものが徳衛の巾着を持っていたのか、それとも九八が掏っていたのか、それもわからぬ」

「でも、斬った野郎が徳衛さんの巾着を持っていたとするなら、なんで持っていたんですかねえ」

「ふむ、なぜだろうな……」

坂を登り切っても、町屋はない。水道橋の先まで武家地だ。二人は斬られた九八のことを聞いてまわったが、手応えはなかった。また、すでに町方の聞き込みがなされているのもわかった。

神田川の流れは速くない。九八が水道橋より先で斬られたと考えるのは不自然だった。どんなに遠くてもこのあたりだろうと、菊之助は御茶ノ水《おちゃのみず》河岸に立って考えた。すぐ先に神田川に渡された懸樋《かけひ》が見える。神田上水から引かれた水は、その懸樋を流れて江戸城内に入る。

岸辺には葦《あし》にまじった薄《すすき》の穂が輝いていた。

「菊さん、ここから小石川の馬場はまっすぐですね。そんなに遠くありませんね」

何気ない次郎の言葉に、菊之助は片眉を動かした。同じことを考えていたのだ。水道橋から北へ道を辿ってゆけば、自《おの》ずと小石川馬場に行き着くのだ。やはり、あのあたりに何かあるのかもしれない。だが、例の生駒誠之助の屋敷は秀蔵が調べを入れている。夕刻には大まかなことがわかるはずだった。

「次郎、九八の掏摸仲間に会うことにする」

「それじゃ、下谷《したや》へ」

「うむ」

九八の掏摸仲間は、仁王門《におうもん》の才助《さいすけ》というものだった。これは秀蔵が中山周次郎から聞きだしてくれたことだ。

小半刻後、二人は下谷同朋町《どうぼうちよう》にある仁王門の才助宅を訪ねていた。そこは、二階建ての棟割《むねわり》長屋で、才助はいなかったが、連れ合いと思われる女がいた。二十代半ばと思われる瓜実顔《うりざね》の美人だった。

「どんなご用件で……」

女は菊之助と次郎に警戒の目を向けた。

「殺された九八のことを聞きたいのだ。才助がいなければ、そなたでもよいが、何か聞いておらぬか」

「九八さんのことを……」

女は目を細めて、わずかに警戒の色を解いた。

「殺した下手人を知りたいのだよ」

「それじゃ、お武家様は町方の……」

「そんなもんだ」

この辺は曖昧《あいまい》に答えておくのが得策だった。案の定、女は気を許してくれた。

「九八さんのシマは四つしかないんです。死体が揚がったのは昌平橋だといいますから、おそらく本郷《ほんごう》界隈で〝仕事〟をしてたんじゃないかって、うちの人と話していたんです」

九八のシマは本郷、明神下《みょうじんした》、下谷御成道《おなりみち》、上野《うえの》広小路らしい。

「九八が本郷のどの辺を流していたか、それはわからないか？」

「蜊店《あさりだな》横町に蕗《ふき》屋って小さな居酒屋があります。九八さんが根城《ねじろ》みたいに使ってた店ですから、そこに行けば何かわかるかも……」

「本郷の蜊店横町だな」

蛸店横町というのは、本郷一丁目と本郷竹町《たけちょう》を東西に貫く通り名である。

蕗屋という店はすぐにわかった。

蛸店横町のなかほどにある小体《こてい》な店だった。昼近くになっていたが、店の暖簾はしまわれており、戸も閉められていた。だが、声をかけると、三十前後の男が顔をのぞかせた。店の主だという。

「掏摸の九八さんのことですか……」

「そうだ。殺された晩に、この店にいたんじゃないかと思ってな」

「いましたよ」

主は額に横じわを走らせていった。菊之助は片眉を動かした。

「あの晩は遅くまで飲んでいたんです。もう〝仕事〟はしないと思っていたんですが、あるお侍のあとを尾《つ》けていきましてね」

「それは本当か？」

「いや、そんな気がしたんです。そのお侍が帰られて、すぐ九八さんも勘定をして出ていったんで、ははあ、あのお侍をカモにする気だなと思っただけです。ところが翌朝、死体で揚がったって聞いてびっくりしていたんです」

掏摸は現行犯でないと捕まえることができない。また、捕まったとしても敲《たた》きと入《い》れ墨《ずみ》ですむので、自分のことを隠さず、自慢する掏摸がいる。九八はその類《たぐい》の掏摸だったようだ。もっとも、四度捕まると死罪である。九八の腕には入れ墨がなかったから、一度も捕まっていなかったと考えていい。

「その侍のことは覚えているか？」

「ぼんやりとですが、最初は仲間内と飲んでおられて、ひとり残っておられました」

「仲間内というのは侍か？」

「さようです。別に盗み聞いたわけじゃありませんが、板倉がどうの小石川がどうのと、そんなことを話しておられました」

それを聞いた菊之助は目の色を変え、次郎と顔を見合わせた。

「板倉といったのだな」

「へえ」

「それじゃ、この男に似たものはいなかったか？」

菊之助は例の似面絵を、懐から出して見せた。

蕗屋の主はじっとそれを見てから、ゆっくり顔をあげた。

「……よく似てます。この人のあとを追って九八さんは出て行ったんです」

菊之助は表情を引き締めた。

五

「ええい、まだか……」

菊之助はさっきから貧乏揺すりをしていた。次郎に秀蔵を捜しにやらせたのだが、まだ帰ってこない。

待っているのは、本材木町三丁目の新場《しんば》橋近くの翁庵《おきなあん》だった。ここの蕎麦は、細い麺のわりには歯応えがあるので、菊之助のお気に入りだった。

しかし、その蕎麦も食べ終え、さっきからお茶ばかり飲んでいる。九八を殺した下手人と、安吉とおゆうを攫《さら》った男は、おそらく同一人物だ。このことを早く秀蔵に伝え、つぎの手を打ちたかった。

菊之助は唐紙《からかみ》障子を開け、格子窓の外をのぞいていた。次郎の姿も秀蔵の姿も見えない。綿入れを着込んだ町のものが行き交っているだけだ。

「旦那」

店の暖簾を撥《は》ねあげて入ってきた男がいた。寛二郎《かんじろう》という秀蔵の小者だった。

「秀蔵はどこだ」

「へえ、旦那にすぐきてほしいと仰せです。呉服橋そばの店で待っておられます。案内しますので、ついてきてもらえますか」

「何かわかったんだな」

菊之助は雪駄を突っかけると、急いで店を出た。

「館林藩のことと、小石川の生駒という旗本の屋敷のことで話があるそうで……」

「次郎はどうした？　会わなかったか？」

「わたしは会っておりませんが、五郎七さんと動いているようなことを旦那がおっしゃってました」

菊之助はそんなやり取りをしながら呉服橋に急いだ。

秀蔵が待っていたのは、呉服橋のすぐそばにある甘味処だった。店の隅の長腰掛けに座り、のんびりぜんざいを食べていた。

「何かわかったんだな」

菊之助はそばに座るなり声をかけた。

「おまえのほうも九八殺しがわかったようではないか。それより、館林藩の御留守居役がなぜ殺されたのか、ぼんやり見えてきた」

「それと、徳衛の家族がつながっているというのか」

「まあ聞け。殺された御留守居役の名は長谷川資宗という。その長谷川殿に恨みを抱いているような男がいることがわかった。以前、館林藩松平家の御用人を務めていた田村作兵衛《たむらさくべえ》だ。この田村は、藩の使途不明金で長谷川殿から追及を受け、家屋敷を取りあげられ、御家断絶《おいえだんぜつ》を申し渡されている。藩内では、よく腹を斬らされずにすんだという話だ」

　秀蔵は、ぜんざいをすすり込んでから言葉を継いだ。

「田村作兵衛は事実無根だと藩主の松平斉厚様に訴えたらしいが、受け入れられなかった。不明の金は五千両近かったらしい。それを田村作兵衛が着服をしたという話だ。だが、藩内には田村作兵衛の肩を持つものもいる。使途不明金は実際はなく、田村作兵衛を追い落とす策謀だったということだ。これは密《ひそ》かにささやかれていることだが、真偽のほどはおれにはわからぬ」

「それで……」

「ともかく田村作兵衛は用人として松平斉厚様の力になっていた。斉厚様が寺社奉行に推挙《すいきょ》されたのも、田村の力があったからという話もある。田村は藩内で権《けん》勢《せい》をふるい、国家老《くにがろう》はもとより江戸家老にも、国許の藩政に対しては口を挟《はさ》ませなかったという。つまり、松平斉厚様を意のままに動かしていたという男だ」

「その田村が御留守居役を殺したというのか……」

「それはわからぬが、館林藩はそう見ている」

「それじゃ、さっさと捕まえればすむことだ」

「ところがそうはいかぬのよ。家屋敷を没収された田村は、行き場を失って居所がわからぬ。何人かの家臣と屋敷を出ているのはたしかだが、その後のことはさっぱりだ」

「それでは話にならぬだろう」

「だが、話はここからだ。おまえが教えてくれた小石川の生駒誠之助の屋敷だ」

秀蔵は涼しげな目を、きらりと光らせた。

「あの屋敷は、死んだ生駒家の息女の身内が預かっていることになっている」

「そう聞いている」

「その身内というのは息女の嫁ぎ先だ。それが田村作兵衛と縁戚関係にあるのだ」

「なんだと……」

「ひょっとすると、田村作兵衛はあの生駒屋敷に隠れているのかもしれぬ」

「それを館林藩に……」

「いや」

秀蔵は首を横に振ってつづけた。

「不確かなことは下手にはいえぬからな。だが、あの屋敷に見慣れぬ男たちが出入りしているのがはっきりした。まずはこれを暴きたい。ただし、旗本屋敷だ。下手に手出しすると大火傷《やけど》を負いかねぬ。ここは慎重にことを運ばねばならぬ。それで、おまえの話は何だ？　次郎から九八の下手人がわかったと聞いたが……」

「九八は殺された夜、この似面絵の男をカモにしようとした節《ふし》がある」

菊之助は蛃店横町の蕗屋で聞いたことを話した。

「その似面絵の男と板倉鉄三郎は同じ人間か？」

「それはなんともいえぬ。だが、九八を殺した下手人と安吉とおゆうを攫った男は同じだ」

「すると、そやつは侍でありながら商人に化けていたということか……。しかし、なぜそんなことを……」

「その理由はわからぬが、ともかくそういうことだ。それでどうする」

「ふむ。まずはあの生駒屋敷を見張るしかない」

「それで、田村作兵衛がそこにいたら」

「引っ捕らえて話を聞く。相手は今や浪人の分際《ぶんざい》だ。遠慮なんかいらねえ」

「それじゃ、これから……」

「取りかかるさ」

そういった秀蔵は、すっくと立ちあがった。

六

菊之助らが小石川の生駒屋敷のそばまでやってきたときには、すでに太陽が大きく傾きはじめていた。この時季の日の翳《かげ》りは早い。太陽は釣瓶《つるべ》落としで沈んでゆく。西の空に群れ飛ぶ渡り鳥の影が見えた。

「どこで見張るか」

秀蔵が菊之助を見た。

「いいところがある。次郎と見張っていたのもそこだ。まずはそこへ」

菊之助がうながしたのは、昨日見張り場に使った御徒組の大縄地だった。そこへ近づいたとき、先行していた五郎七が小走りでやってきた。

「待っておりました。あの屋敷に人はおりません」

「どういうことだ……」

秀蔵が目を丸くしていった。

「ずいぶん静かなんで、こっそり忍び込んでみたんです。屋敷はもぬけの殻《から》です」

「なんだと。それじゃ、どこへ？」

「ただ、屋敷内に人がいたのはたしかでしょう。火鉢の炭や台所を見ればわかります」

「屋敷には何人いたと思われる」

「三人か四人……大勢でないのはたしかです」

「ふむ、どうしたものか……」

秀蔵はまわりを見回して、菊之助に目を向けた。

「どうする」

「人がいないからってすぐにあきらめるのは考えものだ。もう少し様子を見たらどうだ」

「よし、そうしよう。五郎七、おまえは今日一日見張りをしておれ」

「旦那らは？」

五郎七が菊之助と秀蔵を交互に見た。

「おれたちは他の調べがある。何かあったら、番所に知らせにこい」

「心得ました」

五郎七は見張りをつづけるために、引き返していった。

それを見届けてから、菊之助らはきびすを返した。

「他の調べがあるといったが、何を調べる」

菊之助は歩きながら秀蔵を見た。

「上役に頼み、田村作兵衛のことを調べてもらっている。そろそろわかっているころだ」

「どういうことだ」

「田村作兵衛は家中のものを連れて姿を消している。そのなかに板倉鉄三郎というものがいれば、田村らが徳衛の家族を連れ去ったものと考えていいだろう」

菊之助は秀蔵の手回しのよさに内心で舌を巻いた。

「さすがだな。町方のやることはそつがない。それとも、おまえだからか……」

素直に褒めてやると、秀蔵は「ふん」と鼻を鳴らした。照れたときの癖だ。

「菊之助、この件が片づいたら饅頭《まんじゆう》をおごれ」

「……饅頭？」

「おまえがお志津さんに食わせてもらった饅頭だ。殊《こと》の外《ほか》うまいといっただろう」

「ああ、あれか。そんなことならお安い御用だ」

「何という饅頭だった？」

「……恋饅頭だ」

「恋饅頭か……いかにもうまそうな名だ」

菊之助らが南町奉行所に着くころには、日が落ちていた。

町屋の通りには行灯や提灯に火が入れられ、早くも静かな三味線の音がどこからともなく聞こえていた。

秀蔵は菊之助を気遣い、町奉行所ではなく、数寄屋《すきや》橋そばの小料理屋に腰を据《す》えた。ここで調べの結果を待つという腹づもりだ。

「果報《かほう》は寝て待てというが、菊之助、腹ごしらえをしたらどうだ。寛二郎、おまえも遠慮することはない。好きなものを頼め」

言葉に甘えて、菊之助と寛二郎は芝海老と牛蒡《ごぼう》の天麩羅《てんぷら》を注文し、飯と潮汁《うしおじる》をつけさせた。秀蔵は酒を舌先でなめるように飲んで、煙管《キセル》を吹かしていた。

「秀蔵、おあきはなぜ道三堀で殺されたと思う」

煙管を吹かしながら考え事をしていた秀蔵が、じろりと菊之助を見た。それから煙管の雁首《がんくび》を灰吹きに打ちつけ、

「おまえはどう思う」

「……よくはわからぬが、田村作兵衛が御留守居役の長谷川資宗殿を暗殺したということであれば、館林藩に警告の意味でおあきの死体を道三堀に浮かべたのではないかと思う」

「なるほど。だが、その先にはまだ何かあるような気がするが……」

「用人だった田村が、もし藩の計略《けいりゃく》に引っかかっていたとしたら、その怒りは尋常じゃないだろう。恨みが深ければ、館林藩松平家当主・斉厚様の失脚《しっきゃく》を狙うのではないか……」

すうっと、秀蔵が涼しげな目を向けてきた。

「つまり、どういうことだ。ここだけの話だ。遠慮なくいえ」

「おそらく、藩主・松平斉厚様暗殺……。おまえから館林藩のことを聞いて、そう感じたのだ」

「極楽とんぼの研ぎ師にしては上等な推量だ。じつはおれも、そんなことを考えていた。……ふん、皮肉なものだ」

「何が皮肉だ」

「同じ血がおまえとおれの体には流れている。濃くはないだろうが、同じことを考えていたからだ。だが、今の話はここだけのことだ」

秀蔵は目に力を込めた。

店には町屋の客より武士のほうが目立った。数寄屋橋を渡れば、南町奉行所の他に諸藩の大名屋敷がある。勤めを終えた武士が来てもおかしくはない。

菊之助たちがいる店に、甚太郎《じんたろう》がやってきたのは、それから間もなくのことだ。

甚太郎も秀蔵の手先である。

「わかったか」

秀蔵は甚太郎に体ごと顔を向けた。

「田村作兵衛の家中のもので、一緒に国許を出たものはこれです」

甚太郎は書付を秀蔵に渡した。菊之助も横からのぞき込んだ。そこに書かれているのは、六人の名だった。そして、菊之助と秀蔵は同時に眉を動かして、目を合わせた。板倉鉄三郎の名があったのだ。

「秀蔵、これはいよいよ田村作兵衛らの仕業《しわざ》だと見ていいかもしれぬ」

「どうやら、そう考えていいようだ」

そう応じた秀蔵は、もう一度書付に視線を落とした。

そこに書かれているのは、鈴木房次郎、田中順之助《じゅんのすけ》、長井十右衛門《ながいじゅうえもん》、角脇三衛門《かどわきさんえもん》、板倉鉄三郎、小者の又吉。

「それにしても、なぜ田村作兵衛は徳衛一家を……」

菊之助はどこか遠くを見るようにつぶやいた。

七

安吉はうつろな目で、自分をのぞき込む老夫婦を眺めていた。

体は気だるく悪寒がして、熱があった。目が覚めたのは昼前だったが、用心して何もしゃべらないようにしていた。

「名は何というんだい？　寝言をいっていたのだから、しゃべれるんだろう」

年取った亭主が目を開けるたんびに聞いてくる。

その顔は猿のように見えた。痩《や》せていてしわだらけで、小さな目が黄色く濁っていた。女房も体が小さくて、梅干しを食べたときのように口をすぼめていた。そのせいで口のまわりには無数の小じわがあった。

「どこのお武家の子なんだい。まだ熱は下がらないようだが、薬を飲んだからもう大丈夫だよ」

安吉は黙って亭主の顔を見た。ここが長屋だというのは、さっき厠に連れて行ってもらったときにわかっていた。ただ、どこの長屋なのかわからない。

「おゆうって誰のことだい？」

そう聞いた女房の顔を、安吉は目を丸くして見た。

「……どうして、おゆうのことを？」

初めて口を利いたことに、亭主と女房は驚いたように顔を見合わせた。

「寝言でいったんだよ」

女房が答えた。

安吉は老夫婦の顔を眺めて考えた。ひょっとして、この二人はいい人かもしれない。

「どうしてここに……？」

「そこの下水に溺《おぼ》れていたのを見つけて助けたんだよ」

亭主が自慢げにいった。安吉は下水に落ちたときのことを思い出した。黒い人影が出てきて、それにびっくりして水に落ちたのだ。

「熱が下がって元気になったら、家に連れて行ってあげますよ。それで、どちらのお屋敷からやってきたのかね」

「うちに帰りたい」

安吉は亭主にそう答えた。

「だから、その家を教えてくれないかい。何だったら家の人を呼びに行ってもいいんだよ」

安吉は熱でぼうっとした頭を、か弱く横に振った。

「どうしたんだい？」

「おっかあとおとうに会いたい」

「おっかあ……おとう……」

亭主が何度も目をしょぼつかせて、あきれたように口を開いた。

「お武家の子じゃないのかい?」

「おいら、知らない人に連れてゆかれて……それで……」

安吉はそこまでいって、ひどく安心した気分になり、どういうわけか急に悲しくなった。涙がじわりと目に浮かぶと、激しくしゃくりあげた。

「おっかあに知らせなきゃ……おゆうが攫われたんだ。おじいさん、おばあさん、助けてください。お願いします」

「ど、どういうことなんだい。それじゃ、おまえさんはお武家の子じゃないのかい?」

女房は何だかがっかりしたような顔で聞いてきた。安吉は嗚咽《おえつ》混じりに侍なんかの子じゃないと訴えた。しかし、気持ちが高ぶっているのか、うまく説明できなかった。そのうちひどい疲労感と睡魔に襲われ、瞼《まぶた》が重くなった。


館林藩の御留守居役・長谷川資宗暗殺の一件は、月番《つきばん》の北町奉行所の担当で、秀蔵も立ち入ったことを知らされていなかった。

しかし、田村作兵衛一味を焙《あぶ》りだすためには、北町の調べを知る必要があった。

秀蔵が昵懇《じっこん》にしている北町の定町廻り同心・池田庄一郎《いけだしょういちろう》とようやく連絡が取れ

たのは、その日の六つ半（午後七時）過ぎであった。

菊之助と秀蔵は何か手がかりになるものを得られると思っていたが、池田庄一郎の返答は芳《かんば》しくなかった。下手人捜しはいっこうに進んでいないのだ。

「尻尾《しっぽ》をつかむための手がかりが少なすぎるんです。それに、館林藩は口が堅くて、藩内のことに不要な探りを入れないでくれと苦言を呈《てい》される始末で……」

池田庄一郎はそういって、苦い顔をした。

それが半刻ほど前のことである。

菊之助が自宅長屋にたどり着いたのは、すっかり夜の闇が濃くなっているころであった。

長屋の路地に入ると、何だかホッとするし、お志津が待っていると思えば心も高ぶる。そんなとき、おれは独り身ではないのだなと、我知らず頬をゆるめる。

「菊さん」

ふいの声は次郎だった。もう自分の家まで数間もないというところだった。

「どうした？　生駒屋敷のほうは引きあげたのか？」

次郎は秀蔵を捜しに行っていたが、途中で菊之助と合流していた。そのとき、菊之助は生駒屋敷を見張っている五郎七の元へ向かわせていたのだった。

「あの屋敷には、もう人の出入りはないようなんです。で、埒《らち》が明かないから見張りを打ち切ってきたんです。それで帰ってきたら、おつねさんが妙なことをいうんです」

次郎はまわりを気にしながら声をひそめた。

「おつねが何をいったんだ？」

「今日の昼間から見慣れない浪人が、何度もこの長屋に出入りしているらしいんです。それがどうも徳衛さんの家の様子を窺《うかが》っているらしくて……」

「徳衛の家を……」

「ええ、それでおいらも気になって家の戸を少し開けて、様子を見ていたんです。するとひとりの浪人がやってきて、やはり徳衛さんの家を気にしているようなんですよ。それから長屋にはやってきませんが、表通りで、木戸口を見張ってるんです」

「………」

菊之助は振り返って路地を見た。家々のあわい明かりが、どぶ板の走る路地にこぼれている。

「その男はどこにいる」

「こっちです」

次郎は長屋奥の広場を迂回《うかい》して表通りへ案内した。

表通りというのは、浜町堀に沿った河岸通りである。次郎のいう男は、近所で一番無愛想《ぶあいそ》な親爺がやっている油屋の庇《ひさし》の下にいた。油屋はすでに閉まっており、男はその暗がりに身をひそめている。

「どうします？」

「……様子を見よう」

菊之助と次郎は脇路地から男の様子を窺った。男は両刀を帯びていた。源助店のほうを注視している。ときどき、木戸口まで行き、長屋の路地を窺い見たり、また戻ってきたりした。

ときおり冷たい風が強く吹き、立て付けの悪い板戸を揺らした。堀沿いの柳がさわさわと音を立てもした。男は辛抱強く見張りをつづけていたが、小半刻ほどすると、あきらめたように歩き去った。

「行っちまいますよ」

「尾《つ》ける。次郎、二人だと目立つ。家に帰っているか、十分離れてついてこい」

「それじゃ、ついていきます」

菊之助は男を追いはじめた。次郎は半町ほど離れて菊之助についた。男はどこへ行くのかわからないが、その足取りに迷いはない。そのままねぐらに帰るのか、それとも仲間のいるところへ……。ひょっとすると男の行く先に、徳衛と二人の子供がいるのかもしれない。

菊之助は相手に気づかれないように、十分な注意を払いながら尾けつづけた。

男は浜町堀沿いを、ひたすらまっすぐ進んだ。ときどき酔っぱらいの声や、女の嬌声《きようせい》が聞こえ、それに猫の鳴き声がまじった。

男は何度か襟を正すように直した。左右に顔を動かしたが、後ろを振り返ることはなかった。緑橋を過ぎた先を左に曲がった。そのとき、少し足が速くなった。そこは亀井町《かめいちよう》の町屋だった。菊之助が男と同じように折れたとき、先の道を右に行くのが見えた。

男の足はあきらかに速くなっている。気づかれたかと思ったが、菊之助は足を急がせて尾行をつづけた。亀井町の先の通りに出ると、男が左に曲がったのがわかった。そのまままっすぐ行けば牢屋敷にぶつかる。

一軒の店から七、八人の男たちが出てきた。店の女たちが、その酔った客を送り出してにぎやかな声をかけた。ご機嫌な男たちも女たちに愛嬌を振りまいた。

そのとき菊之助は男の姿を見失った。

菊之助は酔客らの間を縫うように走った。牢屋敷のそばまで来たが、男が右に行ったのか左に行ったのかわからなくなった。

しかし、左は見通しのよい一本道。忙しく顔を動かした菊之助は、右だと判断したが、そちらも見通しは悪くない。神田堀に架かる九道橋《くどう》の先に人影は見えなかった。

すると牢屋敷裏の暗い土手道ということになる。菊之助は急いだ。右が土手、左が牢屋敷の塀だ。通りと塀の間には、幅一間（約一・八メートル）、深さ七尺（約二・一メートル）の堀がある。

その道に踏み込んですぐだった。

自分の背後に黒い影が風のように動く気配があった。とっさに振り返った菊之助は、刀の柄《つか》に手をかけて腰を落とした。

男が土手から飛び下りざまに、刀を振り下ろしてきたのだ。振り切られる刀が、ぶうんと風切り音を立てた。その剣尖《けんせん》は菊之助の肩口、一寸のところを掠《かす》めていた。

菊之助は二尺ほど後退して刀を引き抜いた。だが、男は間髪《かんはつ》を容《い》れず撃ち込んでくる。刀の棟《むね》で弾き返すしかなかった。鋼《はがね》同士がぶつかり、鋭い音が耳朶《じだ》をたたいた。

「何者ッ？」

菊之助は誰何《すいか》して、平青眼《ひらせいがん》に構え直した。

男は無言だ。暗すぎて顔を見ることができない。男にたじろぐ様子はない。それどころか、殺気をみなぎらせているのがわかる。

これは斬るか斬られるかの勝負になる。

菊之助はそう感じた。それに、相手はなまなかな腕ではない。間合いを詰めてくる足さばきも、身のこなしにも隙が見られない。

菊之助はゴクッと、つばを呑んだ。柄をやわらかく握り直し、足の指にそっと力を込める。その間にも、男は無言で間合いを詰めてくる。

相手の剣先は、菊之助の喉元にぴたりと向けられている。

「むむっ……」

うなりを漏らした菊之助は、こめかみの皮膚をぴくりと動かした。転瞬《てんしゆん》、先に攻撃を仕掛けた。突くと見せかけて、足を払いにいったのだ。

だが、男はわずかに身をそらせたと思うや、そのまま跳躍して刀を振り下ろしてきた。菊之助はその鮮やかさに驚嘆すると同時に、自分の身を横に転がした。

そうやって逃げるしかなかったのだ。

男が着地して振り返った。菊之助は片膝を立て、起きあがろうとしていた。

暗闇のなかで男の双眸《そうぼう》がきらっと光った。菊之助は片膝立ちのまま、息を詰め、青眼に構えていた。一陣の風がその通りを吹き抜けていった。

「菊さん！」

背後から次郎の声がした。

男はその声に、びくっと肩を動かすと、瞬時ためらったのち、身をひるがえして駆け去っていった。菊之助は片膝立ちのまま、見送るしかなかった。

やがて男の影は、暗い闇に吸い込まれるように、すうっと見えなくなった。

第五章　朝駆け

一

「まあよい。長谷川資宗への遺恨《いこん》は晴らしたのだ。あとは、時機が来るのをじっくり待つだけでよいだろう。焦って、ことをし損じてはならぬ」

あまり口を動かさずにつぶやくようにいうのは、田村作兵衛だった。さっきから扇子を閉じたり開いたりしている。五十の坂を上りはじめたばかりだが、髪は白というより見事な銀髪だった。理不尽《りふじん》にも濡《ぬ》れ衣《ぎぬ》を着せられ、失脚した用人ではあるが、血色もよく、目にも力があった。

「しかし殿、子供を逃がしてしまったのは、わたくしのしくじり以外の何ものでもありませぬ」

「そう己《おのれ》を責めずともよい。娘が残っているのだ。あれを使うしかあるまい。名は……」

「おゆうです」

「そうであった。いかにも、らしき名ではないか。夕暮れの夕。漢字の夕を使って呼ばせることにいたそうではないか」

「しこうして、このあとはいかように……？　お指図を仰ぎとうございます」

田村は鈴木房次郎の視線を外すように、表に顔を向けた。

夜が明けて間もないが、空は晴れ渡っていた。庭の柿の木に止まっている鵯《ひよどり》が熟柿《じゅくし》をついばんだり、鳴き声をあげたりしている。

鈴木は、才知《さいち》に長《た》けた銀髪の田村作兵衛を見つめつづけた。思惟《しい》に耽《ふけ》るその横顔にはかすかな苦労がにじんでいるが、家臣の前では内心の苦しみは見せない。しかし鈴木には、田村がつぎの画策《かくさく》に頭をめぐらしていることがわかっていた。

つぎの狙いは、上野館林藩松平家第三代藩主の斉厚暗殺である。

忠臣《ちゅうしん》なる用人・田村作兵衛の力なくして、斉厚の今の地位はなかった。だが、おろかにも江戸留守居役・長谷川資宗の奸計《かんけい》を見破れずに、田村を切り捨てた藩主である。許せるはずがなかった。

斉厚には娘はあったが、男子に恵まれていなかった。そのために、将軍家斉《いえなり》の側室・お八重《やえ》の方が産んだ斉良《なりよし》を養子にしていた。だが、この斉良は病弱で成育もあまりかんばしくない。世嗣《せいし》にするには不安があった。それでも斉厚は、立派な男子に育てようと苦心している。

斉良はまだ五つだが、内向的な性格を変えるために多くの子供らと親交を結ばせるようにしていた。斉厚はそうすれば、自然、元気で明るい子供に育つと信じている。

田村の狙いはそこにあった。つまり、斉良と親しく遊べる子を、こちらから密かに送り込むのである。子供には保護者がつく。その保護者が刺客となるのだ。

一介《いっかい》の商人に密議を盗み聞きされたとき、田村は即座に当初の強引な計画を中止した。そして、新たに打ち出したのが、今度の計画だった。

鈴木はこの計画変更があったとき、さすが切れ者として藩主のそばで用人を務めてきた人物だと感服《かんぷく》したのだった。

「殿、いかがされました」

あまりにも田村の思惟が長いので、鈴木は痺《しび》れを切らして声をかけた。田村は、ふむと短くうなって視線を戻した。

「……しばらくはおとなしくしているほうがよかろう。長谷川資宗が殺されたことで、藩はもとより町奉行所も動いているはずだ。計画は明日明後日《あさって》に決行するわけではない。あの赤穂《あこう》の義士たちも、計画を成就《じょうじゅ》させるために十分な歳月を費《つい》やしたのだ。当面は、お夕の訓育《くんいく》に努めようではないか。まだ六つだ。教え甲斐はあるはずだ」

「その素養があればの話ですが……」

「なに上辺《うわべ》だけでよいのだ。中屋敷に入るにあたっての躾《しつけ》さえできておれば、たいしたことではない。こと子供に対して気をゆるめる殿のことは、わしがよく承知しておる」

「はは、それでは仰せのとおりに……」

鈴木は深く叩頭《こうとう》して座敷を下がった。

そのまま控え部屋、といっても単なる居間ではあるが、そこへ足を向ける鈴木は、廊下の途中で足を止めて、朝日を受ける狭い庭をぼんやり眺めた。

国許《くにもと》の屋敷はこんなに貧相《ひんそう》ではなかった。これならまだ小石川のあの屋敷のほうがよかった。だが、今は辛抱のとき、贅沢《ぜいたく》は禁物《きんもつ》である。

鈴木は自分を戒めて、居間に向かった。その家は、小石川の屋敷から南へ上り、水道橋を渡ったところにある、小栗《おぐり》坂の途中にある御家人の家だった。家の主は、自分たちの意を汲《く》み取ってくれ、家を空けてくれたのだった。

居間では仲間たちが長火鉢を囲むようにして、静かに茶を飲んでいた。

田中順之助、角脇三衛門、板倉鉄三郎、そして小者の又吉。みな田村作兵衛に心酔《しんすい》している家中のものだった。いずれ目的を果たした暁には、切腹の覚悟をしている。仲間の顔が鈴木に向けられた。

「殿は？」

聞いてきたのは角脇だった。

「しばらくはおとなしく様子を見るとのことだった。おゆうの教育が終わるまでだろうが……そうだ、おゆうは？」

「まだ寝ております」

「……寝る子は育つというからよいだろう」

「泣き疲れているのだと思います。昨日は一日中泣いておりましたから……」

「不憫《ふびん》ではあるが、悲しみや寂しさも今しばらくの辛抱だ。それで、おゆうのことだが、名は漢字の夕を使うことに相成《あいな》った。夕暮れの夕、夕日の夕だ」

「さようですか。ところで、安吉は見つからないようです。昨夜は長井が例の長屋を見張っていたそうですが、帰った様子はなかったということです」

「その長井はいかがした？　顔が見えぬが……」

鈴木がそういったとき、長井十右衛門が戸口から入ってきた。諸肌《もろはだ》脱ぎになって、汗を噴き出していた。

「寒稽古か？」

「日頃の鍛練を忘れてはなりませぬので……」

そういって、長井は水瓶の蓋《ふた》を取って、柄杓で水を飲んだ。藩内でも十本の指に入る剣の遣《つか》い手だった。

「安吉を見つけられなかったそうだな」

鈴木の声に、長井が口のあたりをぬぐいながら振り返った。太い両眉が一本につながりそうに見える。国許では〝一本眉の長井〟という異名《いみよう》があった。

「帰った様子はありません。ただ、何者かにあとを尾《つ》けられました」

「なに、尾けられた？」

鈴木は眉宇《びう》を寄せた。

「追ってきたので誘い出して斬ろうとしましたが、邪魔が入り、そのまま帰ってきた次第です」

「まさか、町方ではあるまいな」

「それは、わかりません」

「長井、油断はならぬぞ。今は大事なとき。まさか顔を見られたのではなかろうな」

「その心配はないはずです。ただ、拙者《せっしゃ》は相手の顔をおぼろげながら見ております」

「おぬしが見ておれば、相手も見ているかもしれぬではないか」

「それは何とも……」

鈴木は火鉢のなかの炭を見た。

赤々と燃えている炭は小さな炎を立てていた。

「油断はならぬ。殿は安吉のことはあきらめられたが、あの子によって、これまで使っていた屋敷が探り出されるのは、ときの問題だろう」

「だから、ここに移ってきたのではありませんか」

「それはそうだが、おまえを追ったもののことが気になる。放っておくわけにはいかぬのではないか……」

「いかがしろと……」

鈴木はしばらく思案したのちに、一本眉の長井を見つめた。

「捜し出して斬れ」

「……承知しました。それでは今日明日にも始末することにいたしましょう」

「それから、板倉、田中。おぬしらは先の屋敷をそっと見張ってくれぬか。町方の動きがあるはずだ。相手のことを知っておくのは大事だ。一服つけたら動いてくれ」

「それでは早速にも」

板倉鉄三郎が応じた。

二

その朝、安吉の熱は下がっていた。

まだ、頭はぼうっとするが、ひとりで起きられるようになったし、食欲もあった。おとみが作ってくれた粥《かゆ》を二杯もお代わりしたほどだ。

だいぶ元気を取り戻した安吉は、これまでのことを老夫婦が聞くにまかせて話していった。

亭主の茂吉は印判師《いんばんし》で、版木屋《はんぎや》から請け負った仕事をしながら聞いていた。

「それじゃおまえは、知らない男に騙されて連れて行かれたっていうのかい」

茂吉は作業の手を止め、驚いたようにいった。部屋には大人の指ぐらいに切った黄楊《つげ》の棒木《ぼうき》が箱に入っていた。茂吉はその棒木に人の名を彫るのだ。

「おゆうはまだ、その侍たちのいる屋敷に捕まったままなんだ。早く助けてやらなきゃ。おじいさん、おばあさん、力を貸しておくれよ」

安吉は必死の目を老夫婦に向けた。

「それじゃ、やっぱりおまえは殿様の子でもなければ、お武家の子でもなかったというわけだ。はあ……」

茂吉は気の抜けたような顔をして、女房のおとみを見た。そのおとみも、なぜかがっかりしたような顔をしている。

「どうしたんだい？　助けてくれなきゃ、おいらは人に頼むしかない」

「頼むって、おまえ……相手は侍なんだろ」

茂吉は不安そうに目をしょぼつかせた。

「やつらは悪い侍だ。御番所のお役人に相談して助けてもらわなきゃならないねえ、それでここはどこなんだい？」

「ここ……？　ここは、池之端七軒町だよ。不忍池のすぐそばだ」

「不忍池……」

安吉は闇に包まれ黒々と広がっていた池を思い出した。

「それじゃ、高砂町まで遠いのかい？」

「遠いってことはないが、家に帰っても誰もいないんじゃ、どうしようもないだろうに」

「おっかあが帰っているかもしれない」

安吉は黒い瞳をきらきら輝かせて、茂吉とおとみを見た。

「おとっつぁんは死んじまったんだろ」

おとみだった。気落ちしたような顔をしている。

「あいつらが死んだといっただけだ。ほんとは生きているかもしれない」

「……生きていたらいいね」

おとみの目がわずかに輝いた。それは何かを期待するような目だった。

「ああ、おいらは生きてるって信じてるんだ。おとうが死ぬわけないもの」

「あんた、そうだよ。生きていてもらわなきゃ……ねえ……」

おとみは茂吉を見て、意味深にうなずいた。

「おまえのおとっつぁんは、会津屋という店の手代だったな。それは大きな店かい？」

「さあ、どうだろう。でも、決して小さな店じゃないよ」

「じゃあ、大店《おおだな》っていうことだな。そんな店の手代となれば……」

茂吉は舌なめずりをしておとみを見た。

「殿様じゃなくても、大店の手代だったら少しは……」

「ああ。そうだよ、あんた」

「少しはってなんだい？」

安吉は老夫婦の会話を遮った。

「いや、何でもない」

と、茂吉は手にしていた道具を、膝許に置いてつづけた。

「安吉、まずはおまえの家に送っていこうじゃないか。それで、おまえのおとっつぁんかおっかさんがいれば、今度のことを相談すればいい」

「……そうだね」

「先にお役人に話すよりは、そうしたほうがいい。御番所の人たちは、子供の話を真面目に聞かないことがあるからね」

「……そうなんだ」

「だから親から話してもらったほうがいいだろう。それにあたしたちのことも、とくと親に話したいからね。何しろ溺れ死にそうになっていたおまえを、助けたんだからね」

「それじゃ、今から行こうよ」

「お待ちよ。熱は下がったばかりなんだよ。途中で倒れられちゃかなわない。大事を取って昼まで体を休めておいたがいいよ」

おとみが諭すようにいった。

「平気だよ。それにおゆうのことがあるじゃないか」

「それはよくわかっているよ。でもね、まずは自分の体が大事だろ。あたしらのいうことをよくお聞きよ。昼になれば、もっと気分もよくなるだろうし、元気になるはずだから」

安吉はくすんでいる板壁をじっと眺めて考えた。おゆうのことも心配だし、早く家に帰りたい。だけれど、あの侍たちがまた長屋で待っていたら、どうしようかという不安もある。ここはこの年寄りのいうことを聞いたほうがいいのかもしれない。

「……それじゃ、昼過ぎたら家に連れて行ってくれるかい？」

「約束するよ」

茂吉が答えた。

三

「では、行ってくる」

菊之助は湯呑みを置いて腰をあげた。

台所に立っていたお志津が、手を拭きながらそばにやってきた。

「早く見つかるといいのですけれど、ともかく無事を祈るばかりです」

心配を隠しきれないお志津は、昨夜も今朝も神棚に向かって、徳衛と二人の子供のことを祈っていた。

「祈る気持ちは誰しも同じだろうが、やれるだけのことをやるしかない」

「あなた、お願いいたします」

お志津は長い睫《まつげ》を伏せて、頭を下げた。菊之助は「あなた」と初めて呼ばれたことに気づいた。悪い気はしなかった。やっと夫婦らしく話せるようになったとも思った。

「今日も遅くなるかもしれぬが、留守を頼む」

そういうと、お志津が切り火を切ってくれた。

菊之助はそのまま戸口を出ようとしたが、ふと思いだした顔になって振り返った。

「お志津、おあきがああなった今、安心はできないが、この一件はなんとしても片づけなければならぬ。秀蔵も本腰を入れて探索をやってくれている」

「はい」

答えるお志津の顔に、障子越しのあわい光があたっていた。

「その秀蔵に頼まれたことがある」

「なんでしょう？」

「徳衛と子供を取り返したら饅頭を馳走《ちそう》しろといわれた」

「……饅頭」

「おまえが一度わたしに食べさせてくれた恋饅頭だ。こんなときに不謹慎《ふきんしん》なことをいいやがるが、やつが役目をちゃんと果たしてくれたら奢《おご》ってやろうと思う」

「そんなことでしたら……」

「まあ、頭の隅にでも入れておけばいいだろう。つまらないことではあるが……では行ってまいる」

外に出た菊之助は青空を仰いで、ふっと、小さな吐息をついた。

それから長屋を出る前に、徳衛の家を眺め、仕事場に立ち寄った。注文を受けている包丁が束ねられていた。ここ数日、手をつけていないので、研がなければならないが、その暇がない。発注元には遅れたことの詫びを入れなければならない。

菊之助は上がり口に腰をおろして、そばにあった荒研ぎ用の伊予砥《いよと》をつかんだ。ざらついた表面をなでながら、昨夜の曲者《くせもの》のことを考えた。

あの男、なぜ徳衛の家を見張っていたのだ？　誰もいない家だと知らずに見張っていたとすれば、いったいどんな用事があったというのだ。

徳衛にはとくに借金などはなかった。人に恨まれるようなこともない。これは殺されたおあきも同じである。それなら、なぜ？

徳衛の女がらみも調べたが、こちらも疑うようなことはなかった。徳衛の身は潔白といえる。それとも、人に知られないようなことが裏にあるのか……。

疑問はいくつも浮かぶが、答えは見出《みいだ》せない。ぼんやりした目で柱に貼ってある厄除《やくよ》けの札を眺めた。「鎮西八郎為朝御宿《ちんぜいはちろうためともおんやど》」と書かれている札は、黄ばみ乾きって、一部がめくれ、剝《は》がれかかっていた。

菊之助はその札をべりっと剝がして、仕事場を出た。

通りに足を進めたとき、また昨夜の曲者のことが気になった。

かなりの剣の腕だった。だが、太刀筋《たちすじ》や体の動きがきれいすぎる。十分な鍛練を積んできたのだろうが、道場剣法だ。さほど実戦に慣れているとは思えないが、油断のならない男であることは否めない。

菊之助は小石川の生駒屋敷に足を向けていた。今日は秀蔵が許可を受けて、屋敷内をくまなく調べることになっていた。先に秀蔵のもとに走らせている次郎は、何かあったら知らせにやってくるはずだ。

背後に不審な気配を感じたのは、千鳥《ちどり》橋そばの元浜町《もとはまちょう》を過ぎたあたりだった。足を止めて周囲を見まわしたが、気になるような人影はなかった。

……気のせいだったのかもしれない。

しばらく行って、生駒屋敷に向かう前に、蜊店横町の蕗屋に寄っていこうと思った。殺された掏摸の九八が使っていた店だ。

店の主は、板倉という名を聞いている。さらに、ひとり残っていた侍――九八が尾けていったと思われる男――は、安吉とおゆうを攫った男に似ているようだ。賊が蕗屋で密談していたことを考えれば、その賊は蛔店横町の近くに住んでいるのかもしれない。蕗屋は小石川に行く途中にあるから、そう手間は取らないはずだ。だが、朝が早いせいか、店は閉まっていた。

後まわしにするしかない。菊之助はそのまま生駒屋敷に足を向けたが、また誰かに尾けられているような、どこかで自分に向けられる視線を感じた。

これで二度目である。五感を研ぎすまして周囲を観察したが、誰かわからない。江戸の町はすでに活気づいており、通りを行き交う人の数も多い。昼商いの店は、どこも暖簾を上げているし、行商人たちが忙しく行き交っている。だが、さっき感じた不審な男はいないか、相手に気取《けど》られないように歩いた。

視線は、いつの間にか消えていた。

おかしい……。

たしかに人の〝目〟を感じたのだが……。

菊之助は蛔店横町を抜けて、往還《おうかん》に出た。ここは中山道《なかせんどう》である。そのまま北に向かい、本郷二丁目から左に折れた。御弓町《おゆみちょう》に向かう道である。

町屋が途切れると、その先は人通りの少ない武家地となる。尾行者がいれば見分けがつくはずだ。背後に神経を配りながら二町（約二一八メートル）ほど歩いたとき、やはり視線を感じた。

誰かに尾《つ》けられている。菊之助は気づいていないふりをしてさらに歩いた。まっすぐ行けば、広大な水戸公の屋敷にぶつかる。人通りがめっきりと絶えてきた。壱岐坂《いき》に差しかかると、さらに往来が寂しくなった。

菊之助が尾行者の意表をつくように、背後を振り返ったのは、壱岐坂を下り切る手前だった。振り返ると同時に、坂上で、さっと人の影が動くのが見えた。着流しではなく袴《はかま》を穿《は》いた侍だった。

やはり、尾けられていた。いったい何ものだ……。昨夜の曲者か……。

菊之助は険しい目を坂上に注いだが、その後、変化はなかった。

四

菊之助が生駒屋敷に着いたとき、すでに秀蔵はあらかたの調べを終えていた。

「何もないな。人がいた形跡はあるが、最近のことではないようだ」

秀蔵は菊之助の顔を見るなり、苦い顔になっていった。小者の寛二郎と手先の甚太郎が、押入や箪笥《たんす》の引き出しを開け閉めしていた。居間の茶箪笥も検められたらしく、引き出しが開け放しになっている。

見まわしたところ、家のなかにはさほどの調度品《ちょうどひん》は揃《そろ》っていなかった。天井の隅には蜘蛛《くも》の巣が張り、畳や障子の桟《さん》には埃《ほこり》が積もっていた。

「次郎から聞いたが、昨夜、長屋のほうに妙な男がいたそうだな」

「うむ、何者かわからぬが、どうにも解せぬ」

菊之助は昨夜のことを話すついでに、さっき尾行されたことも付け加えた。

「ひょっとすると、田村作兵衛一味かもしれねえな」

ひととおりの話を聞いた秀蔵は、剃《そ》り跡が青い顎をつるりとなで、言葉を継いだ。

「田村作兵衛らが留守居役を殺しているなら、番所の動きを知りたがるはずだ。もっとも、目付の動きにも気を配ってはいるだろうが、動きをつかみやすいのは、おれたちのような探索方の同心だ」

「……ひとつ思いついたことがある」

なんだと、と秀蔵が菊之助を見た。

「あの似面絵の男は、蜊店横町の蕗屋という店にいた。ひょっとすると、一味はあの界隈にひそんでいるのかもしれぬ。それにおれは、あの近くまで尾けられた」

「ふむ。聞き込みをしてみるか……」

そのとき、庭のほうで小さな悲鳴がし、つづいてぱたぱたと慌てた足音がしたかと思うと、血相を変えた次郎が土間に飛び込んできた。

「た、大変です。し、死体があります。蔵のなかに死体が……」

次郎は驚愕《きようがく》に目を見開いたまま、庭の奥を指さした。

菊之助たちは蔵に急いだ。それは土壁の蔵で、扉が開け放されていた。真っ先に飛び込んだ秀蔵が、土間にしゃがみ込んで筵《むしろ》をそっとめくった。死人の首の付け根に、ざっくりした刀傷があった。そのあたりには血だまりの跡も見られた。

菊之助はその凄惨《せいさん》な死体に一瞬顔をそむけてから、もう一度検めるように見直した。夏の暑い時期だったら、蛆《うじ》が湧くどころではなかったかもしれないが、さいわい冬の寒気で死体の傷《いた》みはそれほどひどくなかった。

「こ、これは徳衛さんだ……」

震え声をこぼしたのは次郎だった。

菊之助も驚きを隠しきれなかった。

「な、なぜこんなことに……」

言葉はつづかない。死人となった徳衛は、かっと目を見開き、口を半開きにしていた。菊之助はその目を閉じてやった。

「これが徳衛か?」

秀蔵が聞いた。

「そうだ。……まさか殺されていたなんて。……夫婦して殺される理由がどこにあるのだ。なんの罪があってこんなことに……」

菊之助は拳《こぶし》をじわりと握りしめた。

無念でならない。下手人に対する憎悪が腹の底で煮えたぎってきた。同時に、安吉とおゆうのことが案じられた。まさか、あの子たちまで殺されたなんてことは……。その先のことは考えたくもなかった。

しゃがんでいた秀蔵が筵をかけ直して、首を振りながら立ちあがった。

「ひでえことをしやがる」

「これも田村たちの仕業なのか……」

声を漏らす菊之助は、一度この屋敷を訪ねてきたときのことを思い出した。あのときは門の前で引き返してしまったが、そうすべきではなかった。

「おれとしたことが……」

菊之助は固めた拳で自分の股《もも》を打ちつけた。

「菊之助……」

秀蔵が同情の目を向けてきた。

「おれは一度この屋敷に来ている。応対に出てきた男を怪しんでいながら、深く詮索《せんさく》もせず門の前で帰ってしまった。もし、そうしなかったら、徳衛は殺されずにすんだかもしれない」

「そのとき、すでに殺されていたかもしれぬではないか……」

「そんなことはどっちでもいい。ともかく徳衛は殺されたのだ」

「おまえのせいではない。自分を責めるな」

「しかし……」

「甚太郎、近くの番屋に走って、町役《ちょうやく》らにこの死体を運ばせるんだ」

ひたすら後悔し、悔しがる菊之助を無視して、秀蔵が指図をした。

「どこへ運べばいいんです？」

「三四《さんし》の番屋でいい」

秀蔵はそういって、蔵の表に出て遠い空をにらむように見た。三四の番屋とは大番屋のひとつで、本材木町三丁目と四丁目の間にあることからその名がついた。

「菊之助。田村作兵衛たちの仕業かどうかまだわからねえが、この下手人はきっとあげてみせる」

「何がなんでもそうすべきだ」

菊之助はいつになく厳しい目をして秀蔵に応じた。

そのとき、門から五郎七が駆け込んできた。

「旦那」

五郎七は肩で荒い息をしながら、両手を膝について報告した。

「生駒誠之助殿ご息女の彩乃《あやの》様と、そのお身内に話を聞いてきました」

「それでどうだった」

生駒誠之助の娘・彩乃は、上野原新三郎《うえのはらしんざぶろう》という旗本家に嫁いでおり、この屋敷は上野原家で管理していることになっている。上野原家と田村作兵衛は、遠い親戚である。

「以前、田村のほうから上野原家へ、この屋敷を貸してくれという話があったそうです。上野原家はしぶったそうですが、彩乃様が首を縦に振られたと聞きました」

「それじゃ、田村作兵衛はこの屋敷を借りていたのか……。それはいつの話だ？」

「二月《ふたつき》前といいますから、館林藩で使途不明金が露見《ろけん》したころでしょうか……」

「徳衛を殺害したのは田村作兵衛らと思ってよいようだな」

唇を嚙んでいう秀蔵に、五郎七は驚いた。

「徳衛が……」

「そこの蔵のなかに徳衛の死体が転がっていたんだ」

えっ、と驚きの声をあげて五郎七は蔵のほうを見てから言葉を足した。

「それからもうひとつ、わかったことがあります。生駒家にはもうひとつ、使っていない屋敷がそばにあります。彩乃様は、そちらの使用も田村に許されています」

「なんだと。それはどこだ」

「案内します」

五

五郎七が案内したのは、小石川馬場の北にある四百坪ほどの屋敷だった。やはり空き家となっているが、屋内を検めると、最近まで人が住んでいたのは明らかだった。

おそらく、田村作兵衛一味がここにいたのは間違いないだろう。

さらに、菊之助は奥座敷の押入のなかから子供の着物を見つけた。それは継ぎの当てられた古着だった。縞柄《しまがら》の木綿地《もめんじ》である。

その着物をぎゅっとつかんだ菊之助は、長屋を歩いていたころの安吉とおゆうの姿を脳裏に浮かべた。

「……これは、あの子らのものだ」

つぶやきが漏れた。

「なぜ、あの子たちの着物がここに……」

「まさか、安吉とおゆうまで……」

そばにいた次郎が、はっとなった顔を向けてきた。菊之助はこれ以上不吉なことは考えたくないと、その奥座敷を出た。

菊之助らは屋内をくまなく調べたが、田村一味がどこへ移ったか、その手がかりは得られなかった。ただ、救われたのは、子供の死体が出なかったことである。

「安吉とおゆうは、田村らと一緒にいるのだろう。そう考えるしかない」

菊之助は玄関を出てから庭を見まわした。さほど広くはない。手入れがなされておらず、雑草が生え、落ち葉が散らばっていた。屋敷を囲む塀の向こうには、隣の屋敷の屋根が見えた。

「菊之助、いったん引きあげだ」

秀蔵がそばに来ていった。

それから、どこか遠くを見て、恥じ入るような声で言葉を足した。

「菊之助、すまぬ。おまえから最初話があったときに動いておくべきだった」

菊之助は自分の足許にある木漏《こも》れ日《び》を見た。

「……今さら遅い。それに、御番所には御番所のやり方があるのだろう。おまえが悪いんじゃない」

「………」

秀蔵が顔を向けてきた。菊之助はつづけた。

「悪いのは、罪もないものの命を虫けらのように奪うやつらだ。そうじゃないか」

「もっとも至極《しごく》。今度ばかりは、おまえには頭が上がらぬ」

「殊勝《しゅしょう》なことを言うより、やつらを捜すのが先だ」

菊之助は歩きだした。

「どこへ行く」

「蕗屋に行ってみる」

「では、おれは北町と目付の動きに探りを入れ、館林藩の内情をもう少し調べてみよう。何かあったら五郎七を走らせる」

「頼む。次郎、行くぞ」

菊之助はそのまま次郎を伴って、蛔店横町に急いだ。

蕗屋には暖簾が上げられていた。助吉《すけきち》というこの店の主は、昨日会ったときと違い、菊之助の訊ねることに協力的であった。

「そんな悪い野郎だったとは……しかも、おれの店に……」

この度の事件のあらましを聞いた助吉は、悔しそうに舌打ちをした。

「それで、例の似面絵の男と一緒にいたものだが、なんとか思いだせないか。なんでもいい、その仲間のことでもいいし、耳にしたことでもいい」

助吉は腕を組んでじっと考え込んでいたが、

「おれん、ちょいと来てくれ」

呼ばれたのは板場で煮物を作っていた助吉の女房だった。

「掏摸の九八さんが殺されたと知った前の晩のことだ。おまえは九八さんに何度か料理を運んでいるな」

「ええ、運ぶたびに、いつものように軽口を叩かれました」

「それで九八さんが、お侍のあとを尾けるように出ていったのも覚えているな」

「覚えてますよ。表まで送りましたからね。あれあれ、九八さんは、あんなお侍さんを尾けてと思いましたから」

「その侍と一緒にいた客のことだが、覚えてないか？」

おれんは天井を見て、思案顔になった。

「どんな話をしていたか、どんな人相だったか、なんでもいいのだ」

菊之助が催促《さいそく》するようにいうと、おれんは視線を下げた。

「料理を運んでいくとあの人たちは、聞かれちゃまずいのか、ぱたりと話をやめましたから何も聞いてませんが、ゲジゲジのように眉の濃いお侍のことを覚えています」

「ゲジゲジ眉か……」

「ええ、一本につながって見えるほどでしたから……他の人は、とくに目立つような顔ではなかったし……」

「なりはどうだ？　ちゃんとした武家のようだったか？」

「いいえ、みんな浪人のようでした。月代《さかやき》も伸びていたし、髭も満足に剃っていないようで、着物も埃くさかったような気がします」

聞けたのはそれぐらいだった。だが、菊之助は一歩前進したと思った。ゲジゲジのような一本眉の男がいるのだ。これで二人の人相がわかった。

「旦那。もし、その侍たちがまた店に来たら、あとを尾《つ》けておきましょうか」

助吉は意外なことを申し出た。

「危ないことになるかもしれぬのだぞ」

助吉はいやいやと、鼻の頭に小じわを寄せて手を振った。

「人を尾けるぐらい造作《ぞうさ》ありません。あっしは足を洗いましたが、もとはこれだったんです。ですから九八さんもこの店を贔屓《ひいき》にしてくれていたんです」

助吉は人差し指を鉤《かぎ》形にして、もとは掏摸だったと示した。

菊之助は思わず、次郎と顔を見合わせた。

「では力を貸してくれるか。もし、やつらの居所がわかったら、わたしの家に使いを走らせてくれ」

菊之助は高砂町の自宅の場所をざっと説明したあとで、心付けを渡した。

菊之助と次郎は、蜊店横町をあとにすると、町方の同心のように市中を見廻ったが、田村一味に出会うことはなかった。

源助店に帰ったのは日の暮れで、空に浮かぶすじ雲が茜《あかね》色に染められていた。早仕舞をした職人らが道具箱を担いで長屋の路地に消えてゆけば、その路地から豆腐売りが出てきたりした。

木戸口に差しかかると、どこかの女房が魚を焼いているらしく、その煙が流れてきた。

「次郎、明日も付き合ってくれるか」

「何をおっしゃいます。あたりまえのこんこんちきですよ」

「明日になれば、秀蔵が何か新たなことをつかんでくるかもしれない」

「それに、蕗屋のあの亭主からも、何か知らせがあるかもしれませんからね」

「ふむ。ともかく早く……」

「菊さん、菊さん！」

菊之助の言葉を遮《さえぎ》る声がした。草履の音を立てて、髪を振り乱すようにして駆けてくるのはお志津だった。

「どうした？」

「安吉ちゃんが、戻ってきたんです」

「え、安吉が！　どこに？」

「うちにいますよ」

菊之助はすぐに駆け出した。

六

安吉はちょこなんと居間の長火鉢の前に座っていた。そばには、見慣れない年老いた男と女がいた。

「安吉……無事だったか……」

安吉はしばしきょとんとして、「おじさん」と声を返した。

「おゆうはどうした？」

「おいらは逃げてきたけど、おゆうは悪者の家に捕まっている。助けに行かなきゃならないんだ」

「もちろん助けに行く。だが、今までどこにいたんだ」

菊之助は、安吉とおゆうが連れ去られたところから、順を追って話を聞いていった。

「おまえが逃げてきた屋敷は、おそらく……」

話を聞き終えた菊之助は、今日の昼間、生駒屋敷のあとで行ったもう一軒の屋敷のことを思い浮かべた。たしかにあの屋敷の裏には一本の梨の木があった。安吉は、あの木をつたって逃げてきたのだ。

「それで、大下水に落ちた安吉を救ってくだすったのが……」

菊之助は老夫婦のほうに顔を向けた。

「池之端七軒町で、印判彫りをやっております茂吉と申しやす。こいつは手前の女房でおとみと申します」

「それは大変世話になりました。助けてくださらなかったら、安吉はそのまま溺れ死んでいたかもしれません」

「へえ、この子は運が強いんでしょう。もしあっしが見つけなかったら、翌朝は冷たくなっていたかもしれません。なあ、おまえ」

　茂吉は女房の顔を見て得意そうにうなずいた。

「ええ、火傷するぐらいの熱を出しておりましたから、あたしらは一睡もせずに看病したんです」

「それはお手数をかけました。安吉、きちんとお礼はいったのだな」

「うん。それで、おっかあとおとうは……」

　安吉は澄んだ瞳を向けてきた。

　菊之助はどう答えてよいかわからず、火鉢のなかの炭をいじった。

「……おじさん、どうしたんだい。おとうとおっかあはまだ帰っていないんだよ。どこ行っちまったかわからないかい？」

「まだ、わからないんだ。そのうち戻ってくるとは思うが……」

　言葉を濁すしかなかった。今、真実を話すのはあまりにも酷である。

「どこ行ったんだろうな……」

　安吉は寂しそうな声を漏らしてうなだれた。

　菊之助は土間に立ちつくしているお志津と次郎を見た。

「ともかく、おゆうを助けるのが先だ。安吉、おまえにはその手伝いをしてもらうぞ」

安吉の顔があがった。

「おまえを連れて行った男たちのことは覚えているな？」

「うん」

「どんな顔だったか、どれくらいの年だったかもわかるな」

「わかるよ」

それを聞いた菊之助は、次郎に顔を向けた。

「次郎、安吉が戻ってきたことを秀蔵に伝えてくれ。それから絵師を呼ぶようにいってくれ。一刻も早いほうがいい」

「すぐに行ってきます」

次郎が飛び出していくと、菊之助はあらためて茂吉夫婦に礼をいった。お志津も菊之助にならって頭を下げた。

「そんな礼など、あたしどもは……ともかく元気になってくれたので……ええ、そりゃもう、なあ」

茂吉は何か奥歯に物の挟まったようなものいいをして、女房の顔を見た。

「ええ、ただ看病は大変でしたけど……そうですねえ」

「あの何か?」

お志津が怪訝そうに茂吉とおとみを見た。

「あ、いえ。ただ、ちょっと薬代がかかったので、それをどうしようかと思いまして。何しろあたしは貧乏な印判師なもので、へえ。でも、このことはこの子の親御さんにいったほうがいいんでございましょうかね」

茂吉は頭をかきながらいうが、菊之助はその心中に気づいた。

「なるほど、それはもっともなことです。お志津、面倒見てもらったんだ、薬代を立て替えておこうではないか。それで、いかほどですか?」

茂吉は視線を泳がせて、もごもごと口を動かした。

「二分《ぶ》ほどかかりました」

いったのは女房のおとみだった。菊之助は吹っかけられたと思ったが、けちくさいことはいえなかった。

「お志津、払っておきなさい。安吉が無事だったのは、この人たちのお陰だ」

老夫婦は二分を押し戴《おいただ》いて帰ったが、どこか不満そうであった。

「あの人たち、何だか期待外れみたいな顔をしてましたけど……」

茂吉とおとみを見送ったお志津が、戸口で振り返った。

「貧すれば人の心は卑《いや》しくなる。人品《じんぴん》が高ければそうはなるまいが……」

菊之助はそういうと、あとは取り合わぬという顔で湯呑みを手にした。

絵師と秀蔵を連れた次郎が戻ってきたのは、それから半刻ほどあとのことだった。

早速、安吉の証言によって田村作兵衛一味の似面絵入りの人相書が作られていったが、秀蔵は別の筋を使って館林藩への協力を請い、田村とその家臣の人相書を作る手配も終えていた。

七

小栗坂の途中にある田村作兵衛らの隠れ家は、重苦しい空気に包まれていた。国許から十日に一度やってくる使いのものから、田村の妻と家族が、自害をしたという知らせを受けたからであった。

鈴木房次郎のいる居間も、ひっそり静まっている。ときどき、犬の遠吠えにまじって笛のような風音がするだけだ。

板倉鉄三郎と田中順之助は向かい合って、さっきから口も利かずに酒をなめている。角脇三衛門は茶を飲んでばかりだ。知らせを受けた田村は、奥の部屋に引き下がったまま、夕刻から姿を見せていない。

燭台《しょくだい》の炎が隙間風に揺れ、火鉢の炭が小さく爆《は》ぜた。

「早まったことを……。せめて思いを遂《と》げたあとでもよかっただろうに……」

うめくような声を漏らしたのは、角脇だった。

「だが、いずれおれたちもあとを追うのだ」

酒を飲んでいた板倉が角脇を見た。角脇は何もいい返さなかった。他のものも、また沈鬱《ちんうつ》な顔で黙り込んだ。

しばらくして隣の部屋の襖が開き、又吉が出てきた。

「やっと寝てくれました」

又吉は、そういって、ふうとため息をついた。

鈴木はその顔を見て、襖に映る自分の影を見つめた。

「板倉、田中……」

鈴木はしばらくしてから声を漏らした。

呼ばれた二人が、同時に鈴木を見た。

「もう一度聞くが、あの屋敷を調べに来たのは何人だ」

「五人です。遅れてきたものを入れて六人」

答えたのは田中順之助だった。

「間違いないな」

「あの屋敷に来たのはそれだけです」

「そうか……六人か……」

鈴木は欄間に目を注いだ。

町方は確実に動いている。おそらく藩の目付も、幕府の目付も自分たちの洗い出しを必死にやっているだろう。こうしている間にも、その探索の手は忍び寄っているのかもしれない。

そのことを思うと、背筋が冷たくなってくる。もとより捨てる覚悟の命ではあるが、目的を果たせず死ぬことだけは避けたい。それは自分だけでなく、ここにいる仲間もそのはずだ。

「おまえたち、殿のいわれるように、今しばらくおとなしくしていたほうがいいと思うか？」

鈴木は同じ部屋にいる仲間に訊ねた。

「それは、殿の考えではありませぬか」

角脇が答えた。

「だが、町方の動きもある。刻《とき》を稼いでいる場合ではないような気がする」

「それじゃ、お夕の教育はどうされます。あのままでは、藩邸に入ることなど無理ですよ。うまく入れたとしても、すぐに見破られるのは考えるまでもないでしょう」

「お夕の教育に何月かかると思う。一月ですむと思うか？」

「さあ、それはなんとも……」

「一月なら、まだ我らは江戸に潜伏していることができよう。しかし、それが二月、三月ともなれば、どうなるかわからぬ。町方や目付は、長谷川資宗を殺したことで必死の探索をつづけているのだ」

「では、何か他によい知恵でも……」

鈴木はその問いに答えることができなかった。腕を組んで、火鉢のなかの炎を見つめた。

全員息を詰めた。そのとき、表戸が小さく叩かれた。

板倉と角脇が、そっと差料《さしりょう》に手を伸ばした。

「……長井です。開けてください」

長井十右衛門だった。みんなホッと息をついて、肩の力を抜いた。又吉が土間に下りて戸を開けてやった。

「遅かったではないか」

「なかなか手こずりまして……」

鈴木に答えた長井は、腰から抜いた大小を上がり框《かまち》に置いた。

「手こずったというのは、斬ったということか？」

「いいえ、ついにその機会に巡り合えませんで……人目が多かったり、町方と一緒になったりで……」

「して、そやつは何者なのだ？」

「おそらく町方の手先だと思われます」

「……やはりそうであったか」

「ただ、あの男は徳衛と同じ長屋に住んでいます。それに安吉が、その長屋に戻ったようです」

「なに、安吉が……」

鈴木は目を厳しくして、唇を噛んだ。

安吉は自分たちの顔を知っている。だが、取り返したとしても結果は同じだろう。ただ、長井のいう男をそのまま放っておくわけにはいかない。

「……長井」

「は」

一本眉の長井の顔が、鈴木に向けられた。

「その男の住まいがわかっているなら、明日の朝にでも始末するのだ。邪魔者はひとりでも少ないほうがいい」

「明日の朝ですか……」

「うむ、朝のうちなら人目も少なかろう。それに相手も油断をしているはずだ」

「寝込みを襲えと申されますか」

「それは、おぬしが考えることだ。ともかくやるのだ」

「はは、それではそのようにいたしましょう」

夜が明けたようだ。

菊之助は表でさえずる雀たちの声で目を覚ました。

隣の床では、安吉が心地よい寝息を立てている。そっと布団を抜けた菊之助は、ぶるっと体を震わせ、襟をかき合わせた。

居間に入ると寝間着に褞袍《どてら》を羽織り、火鉢に入れる炭を熾《お》こした。それから雨戸を開け、日の出前の表をのぞいた。薄い霧が流れていた。

鉄瓶に水を入れ、それを長火鉢の五徳《ごとく》に置くと、手拭いを肩に引っかけ、表に出た。起きている長屋のものはいなかった。路地を野良猫がのっそり歩いているくらいだ。どこかの家で、子供のぐずる声と激しい咳が聞こえた。

菊之助は、この早朝の凜《りん》とした空気が好きだ。井戸端にゆき、水を汲《く》んで顔を洗った。水は冷たいが、まだ皮膚を切るほどではない。

腰をかがめたまま手拭いで顔を拭いたときだった。背後に人の気配を感じた。誰だろうかと思い振り返ると、薄い霧のなかからひとりの侍が現れた。

その手はすでに鯉口《こいぐち》を切っており、殺気をみなぎらせていた。目があった途端、相手は地を蹴るなり勢いよく迫ってきた。

「や？」

短い声を発した菊之助は、その男が一本眉なのに気づいた。

第六章　仁王門の才助《さいすけ》

一

一本眉は上段から刀を振り下ろしてきた。

菊之助は、足許の手桶を投げた。

一本眉は手桶を刀の鍔《つば》元で払ったが、入っていた水を被り、髷と顔を濡らした。その目が、かっと血走ったように赤くなった。

無腰の菊之助は逃げるしかない。長屋の先にある狭い広場に走ったが、一本眉は思いもよらず足が速い。あっという間に差を詰められた菊之助は、振り返りざまに羽織っていた褞袍を横に振った。その一端が斬られた。菊之助はさらに褞袍を振った。また斬られた。

横に転がって逃げるが、一本眉はここぞとばかりに刀を振り下ろしてくる。菊之助は何か武器になるものはないかと探すが、原っぱには棒切れひとつ落ちていない。だが、小石をいくつかつかみ取って、それを投げた。

一本眉の攻撃がしばし途絶えたが、菊之助が石を投げつくしたと見ると、

「おりゃ！」

裂帛《れっぱく》の気合を入れて、正面から撃ちかかってきた。半身になってかわした。すると、襲い来る刀が逆袈裟《ぎゃくげさ》に振りあげられ、さらに胴をなぐように水平に振られた。びゅんと鋭い風切り音が、耳許を掠《かす》める。

かわすのに必死な菊之助は、右腕に褞袍を巻きつけると、一足飛びに三間（約五・五メートル）ほど離れた。一本眉はすかさず追ってくる。菊之助は腰間からすくいあげられる刀を、褞袍を巻いた腕で受け止めると、すかさず右手に残っていた小石を投げた。

小石は一本眉の顔面めがけまっすぐ飛んでいった。すでに石はないと思っていた一本眉は、虚をつかれ、避けることができなかった。

「うっ」

投げた石は一本眉の片頬にあたっていた。とっさに手で押さえた指の間から、

細い血の筋が流れた。

「貴様……」

喉の奥から声を絞り出した一本眉の形相《ぎょうそう》が、さらに険《けわ》しくなった。

この窮地を切り抜けなければならない菊之助は、相手の脇差を奪えないものかと考えた。だが、それには一本眉の懐に飛び込まなければならない。相手は頬に石をぶつけられ、頭に血が上っている。さらに菊之助を簡単に仕留められないことに、焦りはじめているのが見てとれる。

一本眉は一呼吸入れて刀を青眼に構えた。菊之助はじりじりと下がるしかない。

「貴様、田村作兵衛の一味だな」

一本眉のこめかみが、ぴくっと震えた。

「なんの目的があって、こんなことをする」

一本眉は答えない。口をぐっと引き結んだまま間合いを詰めてくる。その差は一間《けん》（約一・八メートル）もない。菊之助は目の端で逃げ場を探した。表通りにつながる細道があるが、そこへ行く間に一本眉は襲ってくるだろう。背中を見せれば、相手の動きが見えない。走ったとしても、この男の足は速い。

どうするか……。

さらに間合いを詰められた。

「死んでもらうぞ」

一本眉はそういった途端、鋭い突きを入れてきた。

しかし、これは牽制《けんせい》の突きだと読んだ菊之助は逃げなかった。肩先を掠める刀をすり抜けるように、相手の懐に飛び込みざま、褞袍を巻いた腕を顔面に叩きつけるなり、腰にあった脇差を引き抜いていた。

一本眉は一歩よろけて構え直したが、菊之助の手にした自分の脇差を見て、目をかっと見開いた。

「こしゃくなことを……」

鋭い斬撃《ざんげき》が送り込まれてきた。菊之助は脇差で受けたが、一本眉の太刀には勢いがあり、脇差がぽきりと折れてしまった。

菊之助は、はっとなったが、そのとき長屋のほうから声がした。

「誰か、誰か来てくれ！　殺し合いだ！」

叫んだのは木戸番の吉蔵だった。さらに吉蔵は呼び子を吹き鳴らした。

一本眉は慌てた。菊之助は折れた脇差を投げつけた。一本眉はそれを払いのけると、あきらめたように表通りへ去っていった。

菊之助が肩を喘《あえ》がせて、一本眉を見送っていると、吉蔵がやってきた。

「大丈夫ですか？　厠に行こうとしたら斬り合いをやっているんでびっくりしましたよ」

「すまぬ。おまえに助けられた」

「怪我は？」

「大丈夫だ」

「いったい何者ですか？」

「徳衛の家族を不幸に陥れた悪党だ」

荒い息を整えながら答えた菊之助は、ぞろぞろと路地に現れた長屋の連中を見た。

「もう、朝から肝の冷えることを……」

「なにも好んでああなったわけではない。もういわないでくれ」

家に戻ってからも、お志津は朝の騒ぎのことを繰り返していた。

「こんなに危ないことが起こるのでしたら、御番所のお役人にまかせたらいかがでしょう。命がいくつあっても足りないではありませんか」

「お志津……」

飯を食っていた菊之助は茶碗と箸を置いて、お志津を見つめた。

「生きるうえで逃げられないことがある。踏み出した足を止めてはならぬときがある。そうではないか……」

「……それは……」

「今は前に進むしかないのだ。……安吉のことを思えばなおのことだ」

「……そうでございますね。でも……」

「無理はせぬ。秀蔵らがついているのだ。心配をかけるかもしれないが、黙っていてくれないか。頼む」

お志津はわかったというように、静かにうなずいた。

菊之助は食べかけの飯に、再び箸をつけた。隣にいる安吉はおとなしく箸を動かしていた。その横顔をちらりと見て、一本眉のことを思った。

あれは田村作兵衛一味のものだ。先日徳衛の家を見張っていたのは、おそらく安吉が逃げたので、取り返すつもりだったのだろう。今、そのことに納得がいった。

「安吉、さっきおれを襲った男は、この人相書のものだ。名はわかるか？」

飯を食い終えてから菊之助は、昨夜作った似面絵入りの人相書を安吉の前に出した。

「……長井って、みんな呼んでいた」

「長井……そうか。それで、これが鈴木房次郎で、こっちが角脇といったな」

安吉とおゆうを攫ったのが、番頭に扮した角脇という男だと判明していた。これは安吉がそう証言したことであり、またお志津の似面絵も角脇であった。さらに、掏摸の九八を殺したのも角脇と見て間違いなかった。

「他の男の名は覚えていないか？」

菊之助は小首をかしげながら考える安吉を見た。

「この人は田中という人だ」

安吉はえらの張った顔の人相書を指した。この田中は、菊之助が生駒屋敷を訪ねたとき、応対に出てきた男だった。

「それから、この人が板倉……」

四角い顔の男だった。あとの男の名はわからないといった。

「田村作兵衛という男はいないか？」

安吉はさあと、首をかしげた。

「田村という名は聞いているだろ」

「聞いたけど、どの人かわからない。いなかったような気がする」

「いなかった……？　同じ屋敷にいなかったということか？」

「違う部屋にいたのかもしれないけど、多分会っていないと思う」

菊之助は、そうかといって、人相書を引き寄せた。

二

五郎七と小者の寛二郎を連れた秀蔵がやってきたのは、それから間もなくのことだった。近所で今朝の騒ぎを聞いたらしく、顔を合わせるなり、そのことを口にした。

「やってきたのは、一本眉の長井という男だ」

「ひとりだけか？」

「他にはいなかった」

「ともかく無事でよかった。だが油断ならねえな」

「それで、そっちの人相書はどうなんだ？」

「今見せる」

秀蔵は館林藩で作成された人相書を懐から出した。

それは全部で七枚あった。安吉の証言をもとに作った人相書と照らし合わせてゆくと、ほぼ一致していた。二種類の人相書の特徴はよく似ていた。

「安吉の話をもとに作った人相書は六枚だ。それにないのがこの一枚」

秀蔵はその一枚の人相書を示した。

田村作兵衛という名が書いてある。髪は銀髪で、年は五十一歳。背は五尺三寸（約一六一センチ）。痩せた体つきだ。

菊之助はその人相書を安吉に見せた。やはり会っていないと、首を振った。田村作兵衛は子供の前に姿を見せていないのだ。

「館林藩も、田村と一緒に行方をくらましているのは、この六人だと見ている。それで、番頭に化けて安吉とおゆうを攫ったのが、角脇三衛門。今朝、菊之助を襲ったのが長井十右衛門……すべてはこやつらの仕業と見ていいだろう」

「それでどうする？」

「待て、その前に安吉に聞きたいことがある」

名を呼ばれた安吉は秀蔵を見た。

「おまえを連れ去ったやつらは、おまえのことをどうしようと思っていたのだ？

髷を結い直され、着物まで誂《あつら》えてもらっているが……」

「武家の子として育てるといわれた」

「武家の子として……なぜ、そんなことを？」

「さあ、わからない」

「そうか。それで、おまえの親のことは何かいっていたか？」

「おとうは死んだといった」

聞いた秀蔵は眉間《みけん》にしわを寄せた。菊之助も目に力を込めた。

「おっかさんのことは？」

「いうことを聞いていれば、そのうち会わせるといった。だから、おいらはいい子になったふりをして、隙を見て逃げてきたんだ」

「……賢い子だ。そうか、やつらはそういったのか」

秀蔵は菊之助を見た。その目が、どう説明するといっていた。菊之助は今はなにもいうなと、首を小さく振った。

「ねえ、おとうは死んでなんかいないよね」

安吉の声で、秀蔵は顔を戻した。

「おじさんが見つけてやる」

「おっかあもだよ。お役人さんが頼りなんだからね。それから早くおゆうを助けなきゃ」

「わかっている。すぐに助けてやる」

秀蔵は安吉の頭をなでた。

「菊之助、しばらく安吉を預かってくれるか」

「もちろんだ。だが、やつらがまたこの長屋にこないともかぎらない。護衛をつけてもらえるか」

「寛二郎を置いていく。それからもうひとり、小者を寄こす」

「頼む」

菊之助はそう応じてから、安吉を見た。

「安吉、おまえはここでおとなしく待っているんだ。いいな」

安吉は、目をくるっと大きくしてうなずいた。

秀蔵を先頭に菊之助らが源助店を出たのは、それからすぐのことだった。

「菊之助、五郎七、それから次郎」

呼ばれた三人は秀蔵を見た。

「一味のことは、ほぼわかった。人相書もある。あとはやつらの居所を突き止めて、召し捕らえる」

「その前に、おゆうを助け出さなければならない。そのことを忘れるな」

菊之助が釘を刺した。

「もちろんだ。では、手分けして捜す」

三

次郎を連れた菊之助は、長屋からしばらく行ったところで秀蔵らと別れた。

すでに日は高く昇っており、抜けるような青い空が広がっていた。空気は澄んでおり、白く雪化粧した富士を見ることができた。

「どこへ行くんです?」

次郎が横に並んで聞いてくる。

「蜊店横町だ」

「蕗屋ですね」

「うむ。あの店の亭主は何となく頼れそうな気がする」

「やつらの隠れ家がわかっていればいいですが……。それで菊さん、徳衛さんの遺体はどうなるんです？　さっき横山の旦那は、墓に埋めるといっていましたが、安吉にそのことはどうやって伝えるんです？」

「頭の痛いことだ。今の今、安吉を悲しませることはないだろう。無事におゆうを取り戻してから、そのことはじっくり考えなければならない」

だが、菊之助はそのことを頭の隅で考えていた。お志津がうまく話すといってくれてはいるが、親の死に目にも会えず、またその遺体にも触れられず、ただ親が死んだことを知るだけなのだ。自分が安吉だったら、どんなに嘆くだろうかと菊之助は胸を痛めていた。

徳衛は、おあきが埋葬された回向院《えこういん》に埋められることが決まっていた。秀蔵は今日の昼前にも、役人らによってその作業が行われるといっていた。傷みはじめている徳衛の遺体からは、下手人につながるものは何も出てこなかったのだ。だが、その下手人のことはほぼわかっている。

「……子供二人だけでどうやって生きるんですかねえ。安吉はまだ八つです。おゆうは六つですよ。会津屋のほうで何とかしてくれるんですかねえ」

「それも考えなければならないことだが、徳衛は品川《しながわ》の生まれで、下に弟がいる。親が生きていれば、その親にも相談できるだろう」

「何の罪もないのに、苦労を背負って生きることになるんですか……」

次郎は、はあと、ため息をついた。

「徳衛もおあきも、何の罪もないのに殺されている。田村らは絶対に許せぬ」

そういった菊之助は、ぐっと奥歯を噛んで、前方をにらむように見た。

二人は柳原《やなぎわら》通りから八ツ小路《やっこうじ》に出たところだった。近在の村からやってきたものたちが、野菜や穀物を筵に広げて商売をはじめている。床見世《とこみせ》を広げた薬売りもいれば、軽業《かるわざ》芸を披露して綿菓子や飴《あめ》を売るものもいる。視線を移すと、家臣を従えたどこかの旗本が馬に乗って広場を横切っていた。

「次郎、今朝のことがある。これからは今まで以上に気を引き締めておけ」

「はい。菊さんを襲ったのは長井十右衛門ですね」

そうだ、と短く応じた菊之助は、自分を斬るつもりで襲いかかってきた、一本眉の長井十右衛門の顔を思い出した。しくじったからには、もう一度長井は狙ってくるだろうが、今度は返り討ちにしてやる。

来るならいつでも来いという心づもりが、菊之助にはあった。

「それにしても、横山の旦那は忙しいですね」

「仕方ないだろう。やつの役目なのだ。それにおれはやつに貸しがある。他のことは放っておいても、この件を片付けてもらうさ」

秀蔵はおそらく自分の駒にしている手先や岡っ引きを総動員して、田村作兵衛捜しをやるはずだ。さらに、同じ奉行所の同心らもこの件に駆り出すといっていたから、田村一党はそう長く潜伏してはいられないだろう。

それに当番月の北町奉行所も、幕府目付も館林藩も動いている。江戸から逃げていないかぎり、田村らは捕まる。そうでなければならない。

蕗屋の前に行くと、ちょうど助吉の女房おれんが暖簾をかけているところだった。

声をかけると、暖簾をかけるために伸び上がったまま顔を向けてきた。

「これは旦那」

「助吉はいるかい？」

「仕込みの最中です」

「邪魔するよ」

断って店に入り、助吉から話を聞いたが、期待する言葉は返ってこなかった。

「やつらはあのあと、うちの店には顔を出しませんね。女房のやつも暇があると、通りを眺めておりやすが、まだ見ておりません」

「商売に関わりのないことを頼んで申し訳ない。ところで、やつらの人相書ができた。これを渡しておくので役立ててくれ」

助吉とおれんは、渡された人相書をものめずらしそうに眺めた。

「旦那、これを使って町のものにも聞いてみましょう」

「それは願ってもないことだが、内聞《ないぶん》に頼むぞ。相手に知れたらせっかくの苦労が台無しだ」

「わかっておりやす」

四

小栗坂の小さな屋敷は静かだった。ときどき、狭い庭にある柚《ゆず》の木にやってくる目白《めじろ》が、清らかなさえずりをあげていた。

縁側に面した部屋には、初冬の日が射し込んでおり、鈴木房次郎はそこでおゆうに礼儀作法を教えていた。手のつき方、お辞儀の仕方、そして歩き方など。並行して言葉遣いも教えている。

泣いてばかりいたおゆうだったが、ようやく落ち着いてきた。食事もいやがらず食べるようになり、他のものたちにも口を利くようになった。幼いから順応が早いのだろう。

「これ、指はきちんとつくのではなかったか」

鈴木は頭を下げてさがろうとするおゆうに注意した。

「申し訳ありません」

おゆうはそういって、丁寧なお辞儀をやり直した。

その様子を、鈴木は目尻にしわを寄せて見守る。国許にはおゆうより年はいっているが、二人の娘がいた。

「よくできた。どれどれ少し休むがよい」

「ありがとう存じます」

「呑み込みが早くてよいぞ、ささ、向こうでおやつをもらいなさい」

おゆうは居間にいる又吉のそばに行くと、きちんと正座して、

「お茶を戴きとうございます」

と、教えたとおりのことをいった。

その様子を見た鈴木は、頬をゆるめて茶を飲み、木戸門に目を向けた。

田村作兵衛が呼んだ男が来ることになっていた。どんな男なのかわからないが、

早く会ってみたかった。

「鈴木さん」

声をかけて庭にやってきたのは、長井十右衛門だった。怒気《どき》を含んだ顔をしている。

「なんだ？」

「やはり、拙者はこのままでは腹の虫が収まりませぬ。どうか行かせてください」

「ならぬ」

一蹴《いっしゅう》すると、長井の顔が紅潮した。

「何度いえばわかる。おぬしは二度もしくじっている。それに顔を見られているのだ」

「今度は失敗などしません。相手はたかが裏店《うらだな》住まいの浪人です」

「それなのに、始末できなかったではないか」

長井は悔しそうに唇を嚙んだ。

「……頭を冷やせ。腹立ちはわからぬでもないが、今でなくてもよいはずだ。それに相手の警戒は強くなっているだろうし、町方の手先であれば、なおのこと身辺警固をしているだろう。それに、おぬしを生け捕るために、網を張っているかもしれぬ。今動いて、相手の罠《わな》にはまるようなことがあれば、元も子もないではないか」

「しかし……」

「いいから、気を鎮《しず》めるのだ。いつでも失敗は挽回《ばんかい》できる。おぬしほどの腕のあるものはそういないのだからな」

「……わかりました」

長井はしぶしぶ下がっていったが、まだ納得いかないという顔をしていた。首を振って見送った鈴木は、今朝長井の失敗を聞いて、指図した自分も早まったのではないかと後悔していた。

問題は、長井が顔を見られてしまったということである。もっとも、長谷川資宗を暗殺した今、藩も幕府も我々の人相書を作っていると思われるのだが、町奉行所にまで手配されてしまうと、さらに自分たちの動きは制約される。

鈴木はお手玉遊びをはじめたおゆうの声を聞きながら、空に浮かぶ雲を眺めた。そのとき、木戸門が開き、頭巾を被った田村作兵衛につづき、三人の男が入ってきた。

鈴木はさっと居ずまいを正し、縁側に両手をついた。

「お帰りなさいませ」

挨拶をしながら、玄関に向かう田村以下のものたちを見た。

ひとりは田中順之助で、もうひとりは以前藩医を務めていた狩野宋竹《かのうそうちく》だった。

すると、もうひとりが刺客になる男か……。

「鈴木、奥へ」

田村は座敷にあがってくると、奥の間へうながした。

その部屋には、田村と狩野宋竹、そしてもうひとりの男が入った。鈴木は最後に入って、障子を閉めた。

「膝を崩して楽に……」

田村はそういって自ら足を崩し、ふくらはぎのあたりを揉んだ。

「鈴木、紹介しておこう。こちらは狩野宋竹殿だ」

「存じております。久しぶりでございますが、お元気そうで何よりです」

鈴木は宋竹を見て挨拶をした。

「もう半年以上も顔を見ておらぬが、鈴木殿も達者のようで何よりだ。殿の代わりにわたしのほうから紹介しておこう。こちらは忍《おし》藩の小林由之介《こばやしよしのすけ》殿だ」

「ほう、忍藩から……」

鈴木は小林を見た。眼光は鋭いが、人当たりのよい顔をしている。それに、ちらりと観察しただけではあるが、立《た》ち居《い》振《ふ》る舞《ま》いに品《ひん》があった。忍藩は館林藩の隣藩といってよいが、両藩の仲は決してよいとはいえなかった。

「小林由之介と申します。お初にお目にかかります」

鈴木も挨拶を返した。

「小林殿は直心影流《じきしんかげりゅう》の免許持ちだ。この度は宋竹殿を介して紹介に与《あずか》り、当方の意をよくお汲みくだされ、剣客《けんかく》としてお手伝い願うことになった」

田村は丸火鉢を抱くようにしていった。付け加えるならば、菊之助も同じ直心影流の免許持ちである。研ぎ師になる前には、剣術指南役を務めたこともある。

「すると、藩邸へは小林殿が……」

「そういうことだ。面の割れているわしらは、藩邸に入るのはおろか、近づくことさえできぬ。だが、小林殿であれば、その心配はなにもない」

「しかし、いかようにして藩との渡りをつけます」

「宋竹殿がおるではないか。だから、国許からわざわざ足を運んでもらったのだ」

「それはご苦労なことでございます」

鈴木はこの時点で、すべてを察した。

宋竹は高名な藩医であったが、藩主斉厚の不興《ふきよう》を買い罷免《ひめん》されていた。そのことにより、宋竹は信用を失墜《しっつい》し、町医者として市井《しせい》に身を投じているが、その恨みは浅くなかった。だからといって、藩の重臣らとの縁が切れているわけではない。宋竹の仲介があれば、お夕を伴った小林由之介を藩邸に送り込むことは、何ら問題ないであろう。

「それで、もうひとつ伝えておくことがある。殿が中屋敷を訪《おとな》う日がはっきりした。宋竹殿が骨を折ってくだされ、わかった次第だ」

「それは……」

鈴木は目を輝かせ、わずかに身を乗り出した。

「以前は月に二度だったが、今は十日に一度、中屋敷を訪問するという。一泊するときもあるが、その夜のうちに御曲輪《くるわ》内の藩邸に戻ることもあるらしい」

「それでは、殿が一泊されず、中屋敷から上屋敷に帰られる途上も狙えるということに……」

「そういうことだ。供廻りは多かろうが、討ち死に覚悟のわしらはただひとつの駕籠を狙うだけでよい。しかも、その中屋敷訪問が一番近いところで明後日だというのだ」

田村の目がきらりと光った。

「では、明後日に……」

「それは様子を見ての次第だ。決行できると判断できれば、明後日もやぶさかではない。ただ一泊か、帰邸かはわからぬが……」

「それでは、お夕のことはどうなされます」

「これまでどおりだ。帰邸の途上で狙えぬとわかったら、これまでどおりの計画でよかろう。だが、それには日を割《さ》かねばならぬ。そこが頭の痛いところだ」

「……まことにもって」

「宋竹殿の話では、わしらへの警戒は厳重になっているという」

「藩内はおろか、江戸藩邸の小者にまで手配りがなされているようです」

宋竹が言葉を添えた。慈姑《くわい》頭ではなく、月代を剃っている。櫛《くし》目の通った髷には地肌がのぞいていた。

「町奉行所も動いておりますので、これはいよいよ迂闊《うかつ》に出歩けなくなりましたね」

「外出《そとで》の際には十分な注意を払うべきだ。鈴木、他のものらにもその旨《むね》よくいい聞かせておけ。それから、小林殿にお夕を引き合わせておこう。鈴木、呼んでまいれ」

「はは、かしこまりました」

狭い家なので、声をかければすむことだが、鈴木は一度部屋を出て、廊下からおゆうを呼んだ。

「なんでございますか？」

おゆうは首をかしげながらいう。

「これからある人に会ってもらう。教えたとおり、粗相《そそう》のないようにやるのだぞ」

「うん、わかった」

「これ、そうではないだろう。はい、かしこまりましたではないか」

「あ、そうだった。はい、かしこまりました」

おゆうはちょこんと頭を下げた。

鈴木は先に田村らのいる部屋に入り、おゆうを招き入れた。

「お夕にございます」

おゆうは教えたとおり行儀よく手をついて挨拶をした。

「お夕、なかなか覚えが早いと聞いておるぞ。そなたが賢い子なので、わたしは安堵《あんど》しておる。して、そなたに父上を紹介しておこう」

田村はおゆうから小林に視線を移した。

「父上……?」

鸚鵡返《おうむがえ》しにつぶやくおゆうは目を丸くした。

「そうだ。そちらにおられるのが、そなたの父だ」

「違うッ!」

おゆうは叫ぶように声を張って、目を潤ませた。

「これこれ。しばらくの間、父上と思ってお慕いすればよいだけのことだ。なにもずっとそうしろというのではない」

「殿、拙者がこの子の面倒を見るということなのでしょうか……」

小林由之介はいささか不安そうな顔をした。子供が苦手なのかもしれない。

「いや、面倒は鈴木が見る。ただ、決行のそのときまで、一緒にいてくれればよい」

「叔父上」

おゆうがふいに、鈴木を見た。

「殿様は、本当の殿様なの？　お城に住んでいる殿様なの？」

おゆうの視線は鈴木と田村の間を往き来した。

「武士は家中の偉い人も殿様と呼ぶのだ。お城に住んでいなくとも、お屋敷の当主であれば、みな殿様と呼ぶのがならわしである。わかるな」

おゆうはわかったような、そうでないような顔をした。

「ともかく小林殿、お夕のことをよしなにお願いいたしますぞ」

田村は小林を見ながらつづけた。

「ただし、明後日決行できたとしたら、その面倒はないと思われてかまいませぬ」

「承知つかまつりました」

五

黄昏《たそが》れた空を二羽の鴉《からす》が飛んでいった。

残光に染まる雲が、西の空に浮かんでいる。やがてその雲の色がくすめば、市中は静かに降りてくる闇に包まれる。

その日一日を田村一味捜しに費やした菊之助と次郎は、八ツ小路に近い須田《すだ》町《ちょう》の茶店の長腰掛けに座って、道行く人々を眺めていた。

日が暮れはじめてくると、風が冷たく感じられた。葦簀《よしず》の横に立てられている幟《のぼり》が、その風に小さくはためいた。

「どうします、菊さん」

「帰るにはまだ早い。もう少し歩いてみるか……」

「そうしますか」

二人は茶店を離れて、通りを歩いた。その目はすれ違う男たちに向けられている。もちろん軒をつらねる商家や料理屋にも探る目を向ける。

鍋町《なべちょう》、鍛冶町《かじちょう》と過ぎ、元乗物町《もとのりものちょう》までやってきた。昼商いの店はそろそろしまう準備をはじめている。逆に夜商いの料理屋や居酒屋は、行灯や提灯に火を入れはじめていた。

昼の短いこの季節になると、昼商いの営業時間が自ずと短くなる。大工や左官などの出職《でしょく》の職人たちも、早仕舞するのが常だ。

「横山の旦那は何かつかんでいますかね」

「さあ、どうだろうか……」

「おれたちがこうしている間に、何かわかっていれば、長屋のほうに知らせが走っていますね」

「気になるか……」

菊之助は歩きながら次郎を見た。気づかなかったが、いつの間にか背が伸びていた。今は菊之助とあまり変わらない丈《たけ》になっている。

「気にならないっていったら嘘になります」

「ふむ、そうだな」

そう応じる菊之助も、じつは気にしていたのだった。何しろこっちは二人だけである。だが秀蔵は、自分の持てる手駒を総動員しているばかりでなく、他の見廻り方にも号令を発している。

手駒とは、雇っている小者や中間《ちゆうげん》はもちろん、岡っ引きやその下につく下《した》っ引《ぴ》きをも含めてさす。手先の数は同じ町奉行所の同心同士でもわからない。探索方の同心は、いざというときのために、その手駒を少なくとも二十人前後は持っているといわれる。

あるとき、菊之助はその数を聞いたことがある。

「さあて、二十か三十か、それはおぬしの想像にまかせる」

秀蔵はそういってさらりとかわした。

手先となって動くものの多くが、過去の犯罪で目こぼしを受けている。また、手先であることを内密にしている。町方の手先であるということが、公になっては役に立たないからである。

「菊さん」

次郎にうながされたほうを見ると、北町奉行所の定町廻り同心・中山周次郎の姿があった。菊之助に気づくと、吊り目をふいと剝《む》いて、足早に近づいてきた。背筋をぴんと伸ばし、胸を突き出すような歩き方だ。後ろには小者二人を従えていた。

「よお、荒金。こんなところで何をしておる」

相変わらず人を蔑むものいいで、見下した目を向けてくる。

「何をと聞かれても、ただ家に帰る途中です」

「ふん。誤魔化さなくったっていいさ。例の人相書のやつらを捜しておるのだろう。聞いたぞ、横山から」

「何をです？」

中山はカマをかけているのかもしれない。

「何をって、しらばっくれるんじゃない。館林藩の賊たちのことだ。おれの耳にもちゃんと届いているのだ」

中山は顔を寄せてきて、小声でいった。

「それでは、中山さんもそちらの探索を……」

「冗談じゃない。何の証拠もなしに、廻り方を引っ張り出されてはかなわぬわい。それに今月はわしら北町の当番月だ。非番月の横山に指図されてたまるか」

「……そうですか」

「何がそうですかだ。それで、何かめどは立っているのか」

やはり探りを入れてくる。興味がないわけではないのだ。

「今はなにも……」

「ふん、そんなところだろう。だが、噂によると賊は館林藩松平主斉厚様の命を狙っている節があるそうじゃないか。とんだ不届きものだ。だが、おぬしにいいことを教えてやろう」

「なんでしょう」

「おれがもし賊の頭《かしら》だったら、藩主がどこかへ移動するときを狙う。賊だってそのことを考えているはずだ。そうは思わぬか」

「……たしかに、おっしゃるとおりでしょうが、それには藩主の動きを知らなければなりません」

そういった菊之助は、はっと内心で思うことがあった。そんな菊之助におかまいなしに、中山は話をつづけた。

「その藩主の動きを知っていたらどうする？　賊はもとは同じ館林藩のものではないか。おれだったら、藩主の動きを調べて、それを張るのだがな……」

ふふふと、中山は自慢そうに笑って尖った顎をなでた。

「それで中山さんは、例の一件を今も……」

「あんな掏摸にいつまでも関わっていられるほど暇じゃないわい。今は別の下手人を追っている。浅草の黒船《くろふね》河岸で夜鷹《よたか》が殺されたんだが、その件は耳にしていないか？」

「いいえ」

「裏に札差《ふださし》がからんでいるようなのだ。ことは簡単に片づかないだろうが、今はそれにかかりきりだ。何か気になるようなことがあったら、おれに知らせてくれ。頼むぜ」

中山は菊之助の肩をぽんとたたいて反対方向に歩き去った。

「嫌みな人だなあー」

次郎があきれたようにいったが、菊之助は遠くを見て、顔をこわばらせていた。

「次郎、秀蔵に会おう」

そういうなり、菊之助は足早に歩きはじめた。


なで肩で猫背、それが仁王門の才助だった。

死体で揚がった掏摸の九八の兄貴分だ。九八に掏摸のいろはを教えたのも才助だった。

その日、才助は自分の縄張りである上野界隈を流し歩いて、蜊《あさり》店《だな》横町の蕗屋を訪ねた帰りだった。その折、蕗屋の主・助吉から人相書を見せられた。

あまり興味はなかったが、九八を殺した下手人がそのなかにいると聞き、人相書を頭のなかに叩き込んでいた。

町は宵闇《よいやみ》が濃くなっていた。軒行灯の明かりが、鮮やかに浮かびあがって見えるようになっている。才助はやや前屈みに歩く。上目遣いなのは一種の癖であり、〝カモ〟を探すためでもある。

その才助の目が、わずかに大きくなり、眉を動かしたのは、湯島《ゆしま》六丁目を過ぎようとしたときだった。すれ違った男に見覚えがあったのだ。

ついさっき、助吉に見せられた人相書に似ていると思った。足を止めた才助は、すれ違った男を振り返った。後ろ姿しか見えないが、たしかに似ているような気がした。

才助はきびすを返して男を尾《つ》けはじめた。相手は二本差しの侍である。よれたなりから察すれば、食いはぐれている浪人のようだ。

浪人は一町ほど行くと、小さな縄暖簾をくぐった。才助も、しばらく間を置いて同じ店に入った。

浪人はこっちに背を向け、入れ込みの奥に座っていた。才助は近くに腰をおろしたが、顔を見ることができない。浪人は小女《こおんな》が持ってきた銚子を受け取った。ちらりと横顔を見たが、人相書の男かどうかわからなかった。

才助も酒を頼み、なめるように飲んで、浪人の様子をひそかに窺った。浪人は干し烏賊《いか》の炙《あぶ》り焼きを肴《さかな》にゆっくり酒を飲んでいる。店は六分《ぶ》の入りで、客の注文を受けた小女が動きまわっていた。

浪人は背を向けたまま、前の板壁と向き合うようにして酒を飲んでいる。

考えてみれば妙なものだ。普通だったら壁に背を預けて飲むはずだが、この浪人はそうしていない。顔を見られるのをいやがっているようだ。

だが、浪人は二合の酒を飲むと、膝を崩し、体の位置をわずかに変えた。そのとき才助の視線に気づいたように顔を向けてきた。才助はあやしまれないように、ごく自然にその視線をかわしたが、胸の内で「やつだ」とつぶやいていた。

それから盃の酒を見ながら、九八の敵《かたき》を討つために尾けて、居所を突き止めてやると、心に決めた。

六

「おまえの考えはわかった。だが、それはおれもとうに考えていたことよ」

秀蔵は菊之助の話を聞き終わると、余裕の顔でそういった。

新場橋近くの蕎麦屋〈翁庵〉だった。菊之助が秀蔵をつかまえたのは、六つ半(午後七時)を過ぎていた。田村一味を捜すための見廻りから、町奉行所に帰るところで、ようやく会えたのだった。

「ならば、斉厚様の動きはわかっているのか？」

「わかっている」

秀蔵は蕎麦がきを箸ですくうようにして口に入れた。酒の代わりに蕎麦湯を飲んでいる。菊之助もかけ蕎麦を食べ終えたところで、その汁《つゆ》を飲んでいた。傍《かたわ》らには次郎と、五郎七が控えていた。

「斉厚様は来年の二月まで在府される。よって田村たちは、その間に目的を果たそうと考えているはずだ」

「登城や下城時に狙うのは無理のはずだ。それに藩邸に入ってしまえば、田村たちには手も足も出ない」

「無論、藩邸内にいるときも無理だ。だが、中屋敷訪問時は違う。また、その帰り道も然りだ」

菊之助は眉を動かした。

「中屋敷……」

「中屋敷には嫡子がいる。斉厚様は子煩悩《こぼんのう》な方だと聞いている」

「では、その行き帰りに……」

「おれがやつらだったら、狙い目はそこだ」

菊之助は唐紙に映る自分の影を眺めた。

「中屋敷御訪問は十日に一度だ。そして、明後日がその日となっている」

「明後日……」

菊之助は秀蔵に視線を向けた。

「そうだ。明後日、斉厚様は中屋敷に行かれる」

「警固は厳重なのではないか」

「もちろんそうだろうが、その隙を狙うことは十分考えられる」

「それでは……」

菊之助は秀蔵を正視した。

「手配りはしっかりやる」

「だが、館林藩にこの件をどう伝える」

「伝えぬ」

秀蔵はきっぱりといって、言葉を足した。

「斉厚様移動中にやつらの襲撃があれば、そのとき一網打尽《いちもうだじん》にする」

「もし、襲撃がなかったなら……」

「あるまで待つ。もちろん、やつらの探り出しは必死にやるさ」

その後、菊之助は蕗屋の主・助吉が力を貸してくれるかもしれないと伝えた。

「襲撃前に、やつらの隠れ家がわかればよいが、さてどうなるものやら」

「しかし、わからないことがひとつある」

「なんだ？」

秀蔵は楊枝をくわえて菊之助を見た。

「田村たちは安吉とおゆうを、どうするつもりだったのだろうかということだ。安吉は武家の子として育てるといわれたが、田村は家がお取り潰しになった身の上。そんな余裕などないと思うのだが……」

「ふむ……それはやつらに聞かねばわからぬことだ」

「何か策略をめぐらしているとは思うのだが……。それと、この一件が無事に片づいたあとのことだが、安吉とおゆうを何とかしてやらねばならない」

「……おれも、それは気になっていることだが、何かうまい手を考えてくれ。今のおれには、そこまで頭がまわらぬ」

「……何とかしよう」

「ともかく明日、様子を見て一味が見つからなければ、明後日の襲撃を考えて動く。番所の人間をあちこちに配るが、菊之助、次郎、おまえたちにも一役買ってもらうぞ」

「望むところだ」

そのころ、仁王門の才助は、例の浪人を追っていた。

しかし、浪人の行動は妙だった。縄暖簾を出て水道橋の途中で足を止め、暗い神田川に目を注ぎ、何やら深く考え込んでいた。

それから橋を渡り、小栗坂の途中でまた立ち止まって、逡巡するような素振りをしたかと思うと、何かを振り切るように足を急がせたのだ。

小川町《おがわまち》から駿河台《するがだい》下を抜けると、もう浪人の足取りに迷いはなかった。ひたすら思いを決めたところへ突き進んでいく様子だった。

尾ける才助は浪人の不可解な行動に何度か首をかしげはしたが、尾行に気づかれた素振りはなかった。また、才助も年季の入った掏摸として、気づかれるような尾け方はしない自信があった。

浪人は鎌倉《かまくら》河岸に出ると、そこから本石町《ほんこくちょう》の町屋を縫うように歩きつづけた。

「いったいあの野郎、どこへ行こうってんだ」

尾ける才助は、浪人の広い背中を見ながらぼやいた。

「……段取りを？」

鈴木房次郎は小林由之介を眺めた。例の小栗坂の屋敷である。二人は居間奥の一間で、向かい合っていた。

「そうです。拙者は刺客となるのはいっこうにかまいませぬが、己の命を捨てるつもりはござらぬ。中屋敷に入って目的を果たし、うまく逃げなければなりませんん」

「もっともなことだが、屋敷の門脇の潜り戸も裏戸も開くように手配をする。さらに塀には縄梯子《なわばしご》を垂らすように計らうのだ」

「きちんとやっていただけるのですね」

鈴木はこの期《ご》に及んで、小林が臆しはじめていると感じた。

「いわれるまでもない。約束したことはちゃんと守る。それに、お手前にはそれ相応の金を払っている。逃走に必要な金も支度するのだ」

「それはよく承知しております」

「ならば不安に思うことはなかろう」

「不安など……そんなことは思っておりませんが、相手は一国一城の主、供廻りはひとりや二人ではないはず。無論、それなりの注意を払って目的は果たしてみせますが、警固のものらの人数が多ければ、多勢《たぜい》に無勢《ぶぜい》。そのときは断念いたしますぞ。もちろん、つぎの機会を待つために、そのときに様子を見るということではありますが……」

この男は使えぬ。

鈴木は内心で落胆した。斉厚の命をもらうためには、討ち死に覚悟でやらなければならない。だが、目の前の男は臆病風に吹かれ、自分の命を惜しんでいる。

「小林殿の考えはよくわかった。その辺のことはもう少し慎重に考えることにいたそう」

「よろしくお頼み申します」

頭を下げて小林が出ていった。

ひとり残った鈴木は、壁の一点を凝視《ぎょうし》して考えた。

あの男は使えない。代わりになるものを捜すか、子供を使った計画を断念するしかない。

どうするか……？

心の内で問うた鈴木は、この一件を田村に相談すべきだと思った。

「鈴木さん」

角脇三衛門が声をかけてきたのは、腰をあげて、襖を開けたときだった。何やらただごとでない顔つきをしていた。

「いかがした?」

「長井が戻ってきません」

「なに……」

鈴木は家のなかを見まわした。

「どこへ行ったのだ?」

「夕刻、その辺を歩いてくるといって出て行ったのですが、帰りが遅すぎます。もしやと思いまして、その辺を見てきたのですが、どこにも姿がありません」

「まさか、今朝のことを……」

鈴木は、町方の手先を討ち損ねて帰ってきたときの、長井の悔しそうな顔を思い浮かべた。

「また、あの長屋に行ったのではあるまいな」

「もし、そうであればいかがされます?」

鈴木は唇を嚙んで、燭台の炎を見つめた。それから角脇に顔を向け直した。

「早まったことをして、またしくじりでもしたらことだ。ええい、長井め……。

角脇、いいからもう一度、その辺を捜してまいれ」

「いなかったらどうされます？」

「これから追ったとしても、間に合わぬだろう。ともかく、捜してくるのだ」

角脇が家を飛び出していくと、鈴木は田村のいる部屋に向かった。だが、途中で地団駄《じだんだ》を踏みたい心境になった。

どうして、こんな大事なときに面倒を起こすのだ。

「……まったく」

苛《いら》ついた声を漏らした鈴木は、忌々《いまいま》しそうに自分の帯を叩いた。

七

空には冴《さ》え冴《ざ》えとした月が浮かんでいる。その月はいつになく明るかった。影ができるほどだ。

仁王門の才助は、暗がりに身をひそめ、先の浪人の様子を窺っていた。

浪人も同じように数軒先の軒下の暗がりで、何かを見張っている、あるいは誰かを待っている素振りである。

そこは高砂町にある長屋の近くだった。

いったい、あの野郎、何をしようってんだ。妙な男だ。しかし、あの一本につながったように見える太い眉は、助吉から見せてもらった人相書にあった男だ。

通りを流しの三味線弾きが歩いてゆき、酔っぱらった職人が長屋のなかに消えていった。野良犬が才助の近くに来て、くんくんと鼻を鳴らしたので、しっしっと手で追い払った。

一本眉の浪人は暗がりにじっと身をひそめ、動く気配がない。一度長屋のなかを素通りしたのち、そこに居座っている。罠《わな》を仕掛け、獲物を待ちかまえている猟師のようだ。

才助は冷たい風を受けて、ぶるっと肩を揺すり、手をこすり合わせた。夜が深まるにつれ、冷え込みが強くなっていた。

宵五つ（午後八時）を知らせる時の鐘が、空を渡っていって小半刻ほどしたとき、浪人が身構えるように暗がりのなかで体を固めたのがわかった。刀の鯉口《こいぐち》を切った素振りだ。

才助は息を呑み、何をする気だと思った。浪人は通りの先に目を据えているようだ。才助もそっちを見た。

提灯の明かりがある。若い男と侍が歩いてくる。侍は二本差しだが、着流しの浪人風だ。提灯を持つ若い男が、何かをしきりに話しかけている。

その二人と、一本眉の浪人の距離が六、七間になったときだった。一本眉がいきなり抜刀して、通りに飛び出した。

「あっ！」

才助は驚きとも、悲鳴ともつかない声を漏らしていた。

その夜、秀蔵と別れた菊之助は、もう少し粘ろうということで、次郎と一緒に見廻りの探索をして帰路についていた。さっきから、次郎が安吉とおゆうの引き取り手について、あれこれと自分の考えを話していた。

「徳衛の実家は品川だったから……」

菊之助がそう次郎に応じたときだった。前の暗がりから突然、男が飛び出してきた。しかも右手には、月光を弾く抜き身の刀が握られていた。

「下がれッ」

菊之助はとっさに、左手で次郎を後ろに下げ、右手で刀を抜いたが、防御《ぼうぎょ》の余裕を与えぬ男の鋭い一撃が襲いかかってきた。

菊之助は剣先で、わずかに相手の太刀を横に払ったが、男はすぐに刀を返し下からすくいあげてきた。菊之助は半間ほど下がって、間合いを取った。そのとき男の顔が月光に照らされた。

「や、おまえは、今朝の……」

「今度はしくじらぬ」

「長井十右衛門だな」

「なに……」

名を呼ばれた長井は眉間に深いしわを寄せた。

二人は平青眼《ひらせいがん》に構えたまま向き合っている。互いの刀の切っ先は、互いの眉間に向けられている。

「田村作兵衛はどこだ?」

「なぜ、それを……」

「おまえたちの企《たくら》みはすでにお見通しだ。不届きにも館林藩主・松平斉厚様のお命を狙う凶賊《きようぞく》ではないか。目を覚まして暴挙を断念するんだ」

「おぬしに何がわかる」

長井はすすっと右に動いて牽制の突きを入れてきた。

菊之助は間合いを取ったまま動く。

「無駄な斬り合いをする気はない。おゆうはどこだ？」

「よくしゃべりやがる。貴様、名は何という？」

「……荒金、菊之助」

菊之助は右に回りながら答えた。

「町方の手先だな」

「一介の研ぎ師だ」

「は……？　研ぎ師だと……ふざけたことを。たあっ！」

長井は裂帛の気合を込めて、刀を袈裟懸けに振り抜いてきた。きれいな太刀さばきであった。無駄な動きもなく隙がなかった。だが、剣筋が見え見えである。

今度も菊之助は、すっと半身を引いただけでかわした。長井の顔色がわずかに変わった。目も驚いたように見開かれた。

「貴様、愚弄《ぐろう》する気か」

「愚弄するようなことをしているのはどっちだ」

菊之助は言葉を返した。

「つべこべいわず、まともにかかってこい」

「おまえと勝負する気はない」

「なにッ」

「無駄なことだ。真剣勝負は、おまえが考えているように甘くはない」

「こしゃくな」

「道場剣法と実戦は違う」

「うるせえー！」

長井の右足が動いた。同時に剣先が上方に伸びた。菊之助はその動きをすべて読んでいた。つぎに長井の刀は袈裟懸けに振り下ろされる。つまり一本調子の動きでしかない。

案の定、長井は袈裟懸けに振り下ろしてきた。菊之助は今度は逃げようとせず、振り下ろされる刀をすりあげて横に払った。

「あっ」

虚をつかれた長井は刀を払われたままよろめいた。

すぐに体勢を整えようとしたが、その前に菊之助の刀が、長井の後ろ首にぴたりとあてられていた。長井は石のように固まり、顔を凍りつかせた。

「……どうする？　このまま斬られて死にたいか？」

「き、斬れ」

「強がりをいうんじゃない」

「斬れ。拙者の負けだ。斬れ」

「ならば……」

菊之助は刀を一度引き離すなり、一閃させた。

「あ！」

次郎が驚いたように口をあんぐり開けた。

つぎの瞬間、長井の体は前のめりに倒れ、動かなくなった。

「……菊さん」

次郎が怯《おび》えたような声を漏らした。

「心配するな。棟打《むねう》ちにしただけだ」

そういった菊之助は、刀の下げ緒《さお》をほどくと、長井の手を後ろにまわしてきつく縛りつけた。さらに、舌を嚙み切られないように、手拭いを口に嚙ませるようにして縛った。

「次郎、秀蔵のもとへ走れ。こいつの口を割らせる」

そういったとき、一方の暗がりから、おそるおそる出てきて、「あのう」と声をかけてきたものがいた。

菊之助と次郎は同時にそっちを見た。才助であるが、菊之助と次郎は知らぬ顔だ。

「あっしはその男をずっと尾けてきたんですが、お侍さんは……」

「……なぜ、尾けてきた?」

才助は菊之助の問いに、正直に答えた。

「すると、おまえは九八の掏摸仲間……仁王門の才助だな」

「さいです。ひょっとすると、一度あっしを訪ねてこられた方ですか?」

「どうやらそのようだ。で、この男をどこから尾けてきた?」

「湯島の通りでこの男を見かけてからです」

菊之助はしばらく考えてから、才助に顔を戻した。

「才助、しばらく付き合ってくれ。おまえに聞きたいことがある。次郎、早く秀蔵を呼んでくるんだ。おれはそこの番屋で待っている」

「はい」

次郎が駆け去ると、菊之助は長井の背に膝をあてて、両肩をぐっと引いた。

「うっ」

気を失っていた長井が、小さなうめきを漏らして目を開けた。

「長井、観念するんだ。さあ、立て」

菊之助は長井を引き立たせると、才助に顔を向けた。

「才助、一味を一網打尽にする。おまえも手を貸せ」

第七章　竈《へっつい》河岸

一

翌朝、菊之助は次郎と連れ立って三四の番屋に向かった。これから朝日が出ようとするころで、日本橋川にも楓川《もみじがわ》にも薄い靄《もや》が湧いていた。

風はないが、いつもより冷え込みの厳しい朝だった。

次郎は歩きながら、さっきから自分の手に息を吹きかけていた。

昨夜捕縛された長井十右衛門は、高砂町の自身番で秀蔵の取り調べを受けたが、埒《らち》が明かないのでそのまま大番屋に引っ立てられ、牢に押し込められていた。

「少し早いかもしれませんね」

三四の番屋に近づいてから次郎がいった。

「早くてもかまわないさ。人の命がかかってるんだ」

「たしかに……」

菊之助は門番のところに行き、秀蔵が来ているかどうかを訊ねた。

「横山様はすでに見えてます。荒金さんですね」

「そうだ」

「詰め所で待てとの仰せでした」

秀蔵は気を利かして門番に話を通していたようだ。

式台《しきだい》をあがって詰め所に入ると、五郎七と甚太郎の顔があった。

「調べは進んでいるのか？」

菊之助は二人の前に腰をおろしてから聞いた。甚太郎が、茶を淹《い》れてくれた。

「調べははじまったばかりなので、今は何とも……」

「そうか」

茶を受け取って口をつけた。

大番屋での調べには本来なら参考人を呼んで、与力も立ち会うが、参考人になるようなものはいないし、朝が早いので与力の立ち会いもなかった。ただ、仁王門の才助があとから来ることになっていた。

罪を犯したもの、あるいはその疑いのあるものでも、すぐには伝馬町《てんまちょう》の牢に送られることはない。まずは大番屋で徹底して調べ、確固《かっこ》たる犯罪が成立するとなれば、町奉行に入牢《じゅろう》証文を請求し、それから牢送りになる。だが、これには数日を要するので、犯罪者はその間も大番屋の牢に留め置かれることになる。

菊之助らが秀蔵の取り調べの結果を待っている間に、他の同心らがやってきた。廻り方の同心もいたが、大番屋に詰めて事務をとる同心が多い。番所の役人でない菊之助らは自然、詰め所の隅に追いやられる恰好になった。火鉢も役人たちが占領し、気軽に茶も飲めなくなった。

朝五つ（午前八時）過ぎになって、秀蔵が詰め所に姿を現した。額から汗を流し、色白の顔を紅潮させていた。おそらく体罰を加えての調べをやっているに違いない。

「何か白状したか？」

菊之助はそばに行って訊ねた。

「強情《ごうじょう》なやつだ。なかなか吐かねえ。だが、やつの我慢もそう長くはつづくまい」

秀蔵はずるっと、音を立てて茶を飲んだ。

「才助が来たら教えろ。やつには聞きたいことがある」

「来たらどうすればいい？」

「そこに控えている牢番にいえば取り次いでくれる」

秀蔵は土間に立っている若い牢番を見ていうと、また取り調べのために穿鑿所《せんさくじょ》に戻っていった。

「ここでじっと待ってればいいんですかね」

次郎が遠慮がちの声で、菊之助に聞いた。

「今は待つしかない。長井が白状すれば一挙にことは片づくはずだ」

「横山の旦那は拷問《ごうもん》をやっているんですかね」

菊之助はそれには答えず、黙って茶を飲んだ。茶はすっかりぬるくなっていた。

次郎が口にした拷問は、実際は責め問《せど》いである。笞《むち》打《う》ちと石抱き、そして海老《えび》責《ぜ》めのことをいう。これは町奉行の許可を得なければならないが、取り調べる同心はいちいちそんな面倒なことはしない。また奉行も黙認していた。拷問は釣《つ》り責《ぜ》めのみだが、こちらは老中の許可が必要であった。

詰め所の前が忙《せわ》しくなっていた。容疑者の参考人や被害者が来たり、容疑が固まり小者に縄尻をとられて牢送りになるものもいた。同心はもとより、与力の出入りも多い。

毎日どれほどの犯罪が起きているのかわからないが、菊之助は町奉行所の役人たちの忙しさに内心で感心し、少なからず驚いていた。

秀蔵が取り調べ場となっている穿鑿所に消えてから、再び詰め所に戻ってきたのは、一刻半（約三時間）ほどあとのことだった。顔はさっきより赤くなっており、汗の量も多かったし、肩で荒い息をしていた。

「しぶといやつだが、ぼちぼち話したことがある。腹が減ったのでついてこい」

息を切らしながらいう秀蔵は大番屋を出ると、すぐそばの翁庵に入った。

朝食抜きで調べをやっていた秀蔵は、店に入ると二枚のもり蕎麦をぺろりと平らげてから口を開いた。

「田村作兵衛らの陰謀に関しては固く口を閉ざしてしゃべらねえが、徳衛とおあきを殺した経緯《いきさつ》はだいたいわかった」

秀蔵はそう前置きして、以下のようなことを話した。

「長井の野郎は、本船町の伊勢虎で仲間と大事な話をしていた。その仲間のことはとうにわかっているが、誰だとはいいやがらねえ。ともかく、その大事な話をしているときに徳衛に盗み聞きされたというんだ」

「それで……」

菊之助は身を乗り出すようにして話の先を促す。

「放っておけないので、店を出た徳衛を追ってある場所に連れて行ったらしい。おそらく小石川の例の屋敷だろう。徳衛の死体のあった家だ。徳衛は何も聞いていないといったらしいが、仲間のひとりが信用ならないというので口を封じるために斬ったといった」

「長井が斬ったのか？」

「やつは自分ではないといってる。それからおあきのことだが、これはまったくの偶然だったのかもしれないが、徳衛を捜しまわるおあきに長井の仲間が声をかけられたそうだ。場所は生駒屋敷に近い、小石川築地だ。その仲間は知らぬ存ぜぬを通したそうだが、おあきは不審に思ったらしく、その野郎を尾けたがために、逆に攫《さら》われる羽目になったという」

「それだけで殺したと……」

菊之助は途中で声を呑んだ。

「そのつもりはなかったらしいが、あまりにも騒ぐので、仕方なかったと……」

「……」

菊之助は声もなく拳を握りしめて、口を開いた。

「おあきを道三堀に浮かべたのはどういうことだ」

「そのことは黙っていやがる。だが、あのすぐそばには館林藩の上屋敷がある。これから不吉なことが起こるということを、暗に知らせるためにやったのかと聞くと、あの野郎、にやりと笑いやがったから、おそらくそんなところだろう。現にあのあと、御留守居役が暗殺されているからな」

「一味の隠れ家はまだ白状していないんだな」

「まだだ。それともうひとつ、徳衛の巾着を持っていた掏摸《すり》の九八を殺したのは、やはり安吉とおゆうを攫った角脇三衛門だ。お志津さんの似面絵と館林藩からもらった人相書を見せると、しぶしぶ認めやがった。九八を斬ったのは、財布を掏られたかららしい。なぜ徳衛の巾着を、角脇が持っていたかわからないと長井はいったが、おれは徳衛を斬ったのも角脇だとにらんでいる」

「角脇……」

菊之助は、人相書を思い浮かべた。安吉とおゆうを連れて行った男だ。

「それで、おゆうはどこにいるんだ」

「それは、しゃべりやがらねえ」

「生きてはいるんだな」

「生きているとやつはいってる。それを信じたいところだ」

菊之助はわずかに救われた気持ちになったが、安心はできない。

「ともかく長井の野郎は藩主への恨みが強い。自分がこうなったのも、松平斉厚様のせいだとぬかしている。その理由は詳しく話さないが、殺さなければ気がすまないの一点張りだ」

「やつらの隠れ家を何としてでも聞きだしてくれ」

「もとより、そのつもりだ。さあ行くか」

取り調べに戻るために、秀蔵はそういって立ちあがった。

二

「いかがされます」

鈴木房次郎は、さっきから思惟《しい》に耽《ふけ》っている田村作兵衛の顔を眺めていった。

小栗坂の、例の屋敷の奥座敷である。

「……ふむ」

「殿、ご決断を。もはや猶予《ゆうよ》はありませぬ。長井が捕縛されているとしたら……いいえ、そう考えるべきでしょう。あやつは滅多なことでは口は割らないでしょうが、拷問を受ければいつまで保《も》つかわかりませぬ。町方の拷問は尋常でないと聞いております」

「明日、決行するか……」

田村は鈴木に顔を向けた。

「それしかございません」

「よし明日の夜、斉厚様のお命を頂戴しよう。だが、不用意な手出しは禁物《きんもつ》だ。様子を見て相手の警固が厳重なら一度見合わせる」

「……致し方ないでしょう。ですが、つぎの機会まで十日もあります。長井が捕縛されているとなると、我々はいつまでもここに留《とど》まっているわけにはまいりませぬ。いえ、すぐにでも場所を移すべきです」

「あてがあるか?」

「……それは」

鈴木は口を引き結んで考えた。

「明日までここに留まることはできぬか。どう考える?」

「何ともいえませんが、それは賭けになるでしょう」

「賭けか……」

つぶやいた田村は、どこか遠くを見た。

障子越しのあわい光が、田村の銀髪を輝かせていた。

「賭けてもよいか……。もし万が一、今日か明日、ここに手入れがはいったとなれば、我々の運もそこまでだったのであろう」

「何を申されます。それでは思いは遂《と》げられぬではありませんか。これまでやってきたことが、まったく無駄になるではありませんか。殿、お気をたしかに……」

鈴木は膝をすって田村に近づいた。

「鈴木」

田村の目がきらっと輝いた。

「は」

「明日の夜の決行は変えぬ。ならば、その準備をいたさなければならぬ。もし、明日思いを遂げることができなければ、そのときに隠れ家を移す。だが、おまえのいうように、ひとまずここを出よう。それが無難であろう」

「はは。して、どちらへ？」

「しばし考える。おまえは他のものに明日のことを告げてこい」

「承知つかまつりました。して、お夕のことはいかがなされます？」

「おまえがいうように小林が使えぬなら、考えなければならぬ。だが、小林の代わりが見つかったときのために、お夕はもうしばらく留め置いておこう」

「承知しました」

居間に戻った鈴木は、思い思いに過ごしている仲間を眺めてから、又吉とおゆうを見た。

「又吉、人払いだ。しばし、お夕と庭で遊んでおれ」

指図された又吉は、おゆうを連れて家を出て行った。

「長井はおそらく捕縛されたと思ったがいい」

鈴木は静かにそういってからつづけた。

「明日の夜、かねての計画を決行する。詳しいことはまたあらためて話すが、明日が勝負と思え」

居間にいるのは食客《しょっかく》となった小林由之介を入れて四人である。

「小林殿」

「はい」

「中屋敷に入っての計画はしばしお預けにするゆえ、貴殿にも明日の襲撃に加わってもらう。よいな」

「……金をもらっている手前、食い逃げするようなことはできぬでしょう」

「存分に働いてもらう」

「無論、その腹づもりでございます。ですが……」

「ですが……？」

鈴木は眉を動かして、目を細めた。

「拙者は討ち死にするつもりは毛頭《もうとう》ございませぬ。助太刀《すけだち》はいたしますが、愚かに命を捨てるなど……」

「愚かだと！」

板倉が片膝を立て、顔面を紅潮《こうちょう》させた。

その板倉を小林は冷めた目で見返した。

「命を粗末にするつもりはないということだ。それに、拙者は貴殿らと違い松平斉厚様への恨みはなにもない。ただ、助をするだけのことだ」

「……くっ」

板倉は立てた膝に拳を打ちつけて、座り直した。

「板倉、小林殿の加勢は望むところだ。長井が欠けた今、襲撃にあたるのは殿を入れて六人だ。ここでまたひとり減ったら、計画は難しくなる」

「斉厚様の供廻りの人数はわかっているのですか？」

これは田中順之助だった。

「正確なところはわからぬが、おそらく十四、五人と見ている。内訳は中間と小者が四人。小姓が二人、残りは徒侍《かちざむらい》だろう。これまでの例によるとそうなる」

「十五人と六人……やってできないことはありません」

「やれるはずだ。それで早速明日の支度にかからねばならぬが、この家は早めに引き払うことにする」

「今度はどこへ？」

「殿にお考えがあるようだ。それ次第でここを出る」

そう告げた鈴木は縁側に行き、庭で遊ぶおゆうの相手をしている又吉を呼んだ。

「明日の夜になった」

それだけをいうと、又吉は心得たという顔でうなずいた。

「おまえはお夕とともに留守を預かってもらうことになるが、それでよいな」

「ご命令とあれば、そのようにいたします」

永年、田村家に仕えてきた又吉は、四十を超えていた。鉤鼻《かぎばな》で大きな福耳を持つ、目端《めはし》の利く男だった。

鈴木はしばらくおゆうを眺めていた。そのおゆうが視線に気づいたように、見返してきた。

「明日の夜、何があるの？」

「何でもない。そなたには関係ないことだ」

そういって背中を見せると、突然おゆうが大声をあげた。

「……人殺し！」

はっとなって振り返ると、おゆうはそれまで見せたことのない、キッとした強い目でにらんできた。幼い子供ではあるが、鈴木ははっと顔をこわばらせた。しかし、すぐに自分を取り戻して、

「お夕、何ということを……もう少し慎《つつ》ましくなりなさい」

言葉を返して縁側を離れたが、背中に冷や水を浴びせられた思いだった。

三

秀蔵の取り調べに立ち会うことのできない菊之助は、まだかまだかとヤキモキして待つしかないが、その取り調べが一時中断された。

いささか疲れた顔で戻ってきた秀蔵が、

「しばらく間を置くしかない。しぶとくて観念しやがらねえんだ」

そういって、顎にしたたる汗をぬぐい、ふっとため息をついた。その様子を見ただけで、相当手こずっていることがわかった。

「それで、才助のことはどうする？」

菊之助は茶を飲む秀蔵に聞いた。

才助が大番屋にやってきたのは、もう一刻も前のことだった。菊之助と秀蔵はあらためて、昨日、長井を尾行したときのことを詳しく聞き直していた。

「おれは長井の調べで手が離せねえ。菊之助、昨日やつが通った道を才助に案内してもらって一度歩いてくれるか。そこから何かわかるかもしれぬ」

「そうしよう」

答えた菊之助は、それからすぐに大番屋をあとにした。才助の案内で最初に向かうのは湯島六丁目である。例によって、次郎が一緒だ。

昨日につづいての晴天だが、西のほうに黒い雲が湧いていた。風も次第に強くなっており、神田川沿いに群生する薄《すすき》の穂が大きく揺れていた。

三人は昌平坂を登ってから湯島の通りに出た。

「ちょうどこのあたりです」

才助がいうのは、湯島六丁目の外れだった。長井は神田明神のほうから歩いてきたらしい。菊之助は少し考えた。向こうに田村らの隠れ家があるのかもしれない。だが、どこであるか、見当をつけることはできない。

「それで店に入ったといったな」

「へえ、すぐそこの店です」

それは蛽店横町へ折れる、本郷一丁目のしけた縄暖簾だった。店は昼商いもやっているらしく、暖簾がかけてあり、客の出入りもあった。

「ここでは、酒を飲んでいただけか？」

「へえ、じっと何かを考えてるようでした」

菊之助は無精髭《ぶしょうひげ》の生えている顎をさすって店を眺めた。

「誰かを待っていたというようなことは？」

「そんな素振りはありませんでした」

すると、単に酒を飲んでいただけと考えられる。

「今度はどこだ？」

菊之助は先を促した。

才助がつぎに足を止めたのは、水道橋の上だった。

「このあたりに立ち止まって、下の川を眺めていました。悩みでもあるのか、ずいぶん考え込んでいるようでして……」

「ここで川を……」

菊之助は橋の下の神田川に目を注いだ。

静かな水面は、空を流れる雲を映していた。

「……つぎはどこだ？」

「すぐそばです」

橋を渡って左に折れ、しばらく行って右の小栗坂に入った。案内役の才助は、その途中で立ち止まった。

「ちょうどこの辺ですよ。何だか迷っているふうで……どこかへ行こうか行くまいかという感じでした」

周囲は武家地で、旗本や御家人の屋敷があるだけだ。菊之助があたりを見まわしていると、才助が言葉をつないだ。

「長い間立ち止まってはいませんでしたよ。しばらくすると、何か思いを吹っ切るようにして、あとはもう迷いもなく一直線という感じで高砂町に行き、そして旦那に斬りかかったってわけでして……」

「その途中で、どこかに立ち寄ったりはしなかったんだな」

「そんなことはありませんでした」

菊之助はもう一度付近を見まわした。

長井はここで何かを躊躇《ためら》い、そしておれを斬りに来たことになる。なぜ、ここで立ち止まったのか……。

菊之助は一軒一軒の屋敷に目を注いだ。通りに人の姿は見あたらない。夜だとなお静かな通りになるだろう。

待てよと、思った。この近くに田村らの隠れ家があるのではないか。目を光らせた菊之助は、今度は一軒一軒の家に目を注いでいった。

昨日の朝、長井十右衛門は自分を斬りに来て失敗し、それを気に病み、また来たと考えられる。居酒屋で酒を飲み、水道橋の上で考え込み、そしてここで何かを躊躇った……。

武家屋敷の甍《いらか》を凝視していた菊之助は、きらっと目を輝かせた。

「次郎、才助。この近所に賊一党の出入りしている家があるかもしれない。手分けして聞き込むんだ」

気負い込んだ声を発した菊之助に、次郎と才助が応じて各屋敷に走った。

小半刻もせず、あやしい屋敷が見つかった。それはまさに、長井が足を止めた場所の前にある家だった。

家の主は横井新兵衛《よこいしんべえ》という御家人だったが、その姿はここのところ見あたらないという。さらに、このあたりでは見かけない男たちの出入りがあることもわかった。

菊之助と次郎は横井家の木戸口に立ち、しばらく様子を窺った。雨戸が閉め切られ、玄関戸も閉まっている。人のいる気配はないが、静かにしているだけかもしれない。

「才助、おまえは表を見ていてくれ」

「へえ」

才助が緊張した顔で答える。

「次郎、ついてこい」

菊之助は玄関に行き、屋内に聞き耳を立てた。人の声どころか、物音さえしない。狭い庭の木に遊びに来ている、鳥のさえずりがするだけだ。

菊之助は戸を開けようとしたが、ビクともしなかった。縁側に回り込み、用心しながら雨戸を一枚外した。変化はなかった。外の光が、屋内にさっと滑り込むと、菊之助と次郎は視線をめぐらした。

「……誰もいませんよ」

次郎がいう。

菊之助は縁側に上がり、それから屋内を見てまわった。台所はついさっきまで使われた形跡があった。さらに、居間の火鉢の炭もまだ熱を持っていた。

「菊さん」

次郎に呼ばれて奥座敷に行った。

「見てください」

それは一個の手鞠《てまり》だった。さらに、部屋の隅に真新しい子供の草履があった。

「……おゆうのかもしれない」

「きっとそうですよ。やつらがここにいたんです」

「一足遅かったか……」

菊之助は唇を噛んだ。

四

横井家のことを聞いた秀蔵は、すぐさま手の空いている同心・小者を手配して、小栗坂の屋敷に向かわせた。

その結果、探索方の同心と小者は例の人相書を持って聞き込みを行い、横井家に田村たちが出入りしていたことを突き止めた。

そのとき、すでに日は暮れていたが、秀蔵は長井にその日何度目かの訊問《じんもん》を行っていた。

「長井、いい加減に観念しねえか。あいにくだが、おまえらの企みは何もかもわかっているんだ。それにな、おまえの仲間がいた隠れ家をついに見つけたぜ」

長井は黙って秀蔵を見返した。

「嘘じゃないぜ。小栗坂の途中に横井新兵衛という御家人がいる。その家をおまえらは隠れ家に使っていた。違うか」

あきらかに長井の顔色が変わった。

秀蔵は余裕の笑みを口の端に浮かべると、

「隠れ家がわかっただけじゃねえ。田村作兵衛以下のもの全員を捕縛した」

そういってやると、長井の唇がわななくように震えた。もちろん、これは秀蔵のカマかけであった。

「う、嘘だ。そんなことがあってなるか……」

「それがそうなんだよ。おまえが意地を張って、ここでいくら強情を張っても、もう何もかも暴かれちまうんだ」

「嘘に決まってる」

「まあ、いずれわかることだ。それでひとつ訊ねるが、他に仲間はいないか？ この人相書にないものだ」

取り調べを行う穿鑿所のなかには、田村以下の仲間たちの人相書が広げられていた。

「知らぬ。こうなったら、おれがいわずとも他のものから聞けばよいではないか」

「そっちは他の同心が調べているんだ。おれはおまえの口から聞きたいのよ」

「うまいことをいってるんじゃないだろうな」

長井は挑むような目を向けてくるが、秀蔵はにたついた笑みを浮かべてつづけた。

「どうなのだ。他に仲間がいるんだろう」

だが、長井は何も答えなかった。

「そうかい、それじゃまあ、最後にひとつだけ聞かせてくれ。どうしておまえたちは主君であった松平斉厚様を恨む。藩の使途不明金を田村が着服《ちゃくふく》したのなら、仕方ないだろう」

「それは違うッ。金の着服などなかったのだ。あれは御用人だった田村様を失脚させるための、留守居役・長谷川資宗の策略だったのだ」

「……それじゃ、留守居役を暗殺したのだから、なにも藩主の命まで狙うことはなかろう」

「殿は田村様を切り捨てられた。これまで殿のために身を粉《こ》にしてきたというのに……。それこそ粉骨砕身《ふんこつさいしん》の働きだったというのに、殿は田村様を信用せず、留守居役の言葉に惑わされ、挙句《あげく》に田村家を取り潰したのだ。そんな主君を許せるはずがない。田村様は濡れ衣を着せられたまま野に放たれたのだ」

「つまり、田村の家臣だったおまえも、そんな殿が許せねえってわけか」

「許せるはずがないッ」

長井は怒気を含んだ顔で吐き捨てた。


「それじゃ、田村らの行方はつかめないままか」

秀蔵から取り調べの結果を事細かに聞いた菊之助は、うめくようにつぶやいた。

「長井はあれ以上責めても口は割らぬだろう」

秀蔵は疲れのにじんだ顔をしていた。

「隠れ家に使われていた横井新兵衛の行方はどうなのだ？」

「横井が無役の御家人というのがわかっただけだ。足取りは追っているが、行方はまだわかっていない」

「横井も田村の仲間に入っているのでは……」

「それは何ともいえぬ。ともかくもう明日の夜までなにも手が打てないとなると、申し合わせどおりに張り込むしかない」

「その際、斉厚様への注意はどうする？」

「何もせぬ。すれば中屋敷訪問は中止になる。そうなれば、やつらをおびき出せないことになる」

「皮肉なものだな。一国一城のお殿様が囮《おとり》に使われるとは……」

菊之助は障子を開けて、格子窓から見える夜空を仰いだ。夕刻に一雨来たが、今は雲が払われてきらめく星たちを見ることができた。

二人は、例の翁庵の小座敷で向かい合っていた。菊之助は障子を閉めると、肴にしている蒲鉾《かまぼこ》の一切れを口に放り込んで酒を飲んだ。

それから、独《ひと》り言《ごと》のように、ぽつりとつぶやいた。

「こうなると、明日の夜が勝負ということか……」

「そう心得ておくがよいだろう」

「しかし、斉厚様の命は守らねばならない。もしものことがあれば、大変なことになるのではないか」

「そんなことになったら、おれの首はあっさり刎《は》ね飛ぶだろうな」

菊之助は何か思いつめた秀蔵の顔をじっと見つめた。

行灯の明かりが、その色白の頰を染めていた。

「……秀蔵」

「なんだ」

「そうならないように、おれが斉厚様の駕籠を守る」

秀蔵が黙って見てきた。

「北町が月番だというのに、おれがおまえに無理を頼んだばっかりに、おまえの首が刎ねられたら、たまらん」

「菊之助、おめえってやつは人がよすぎる。そのうえに馬鹿がつきそうなほどだ」

「憎まれ口を……」

「だが、無事にすんだら例の饅頭は頼むぜ」

「しつこい男だ。饅頭ならあきるほど食わせてやる」

五

一夜明けて、上野館林藩主・松平斉厚が中屋敷を訪問する日になった。

「今夜も遅くなるんでしょうか？」

差料を手にし、框《かまち》から腰をあげた菊之助に、お志津がいささか不安げな顔で訊ねた。そのそばには、早く妹と親に会いたいといっている安吉が立っていた。

「どうなるかはわからないが、早く帰ってくるつもりだ」

「どうか無理をなさらないで……」

「うむ」

と、答えた菊之助は、安吉を見て、おとなしくしているんだといい置き、いつものようにお志津の打つ切り火によって送り出された。

表に出た菊之助は、鳶の舞う空を見あげた。一片の雲もない冬晴れの日だった。

北側筋の長屋に行くと、ちょうど次郎が家から出てきたところだった。いつになく緊張した顔をしていた。

「行くぞ」

「へえ」

すでに長屋の職人らは出払っており、口さがない女房連中が井戸端でおしゃべりに興じていた。表に出た菊之助と次郎は、黙々と歩いた。市中には今日も一日がはじまるという活気が見られた。

二人が向かうのは、昨日につづき三四の番屋である。長井十右衛門の口が割れれば、田村作兵衛らの襲撃を未然に防ぐことができる。またおゆうも無事に取り返せるはずだ。

「菊さん、今日はどうなるんでしょうね」

江戸橋を渡る途中で、それまで無言だった次郎がやっと口を開いた。

「秀蔵の調べ次第だろう……」

そういうしかない。

三四の番屋に着いた二人は、昨日と同じように詰め所に入った。五郎七と甚太郎がすでに待っており、秀蔵が今日も早くから長井の調べにあたっていると教えた。

菊之助らはその調べの結果を待つしかなかった。いまだ田村作兵衛らの潜伏先は判明しておらず、その足取りもつかめていない。

「長井の口さえ割れれば、何とかなるんですが……」

菊之助に茶を差し出しながら、五郎七が独り言のようにいう。

「何も新たなことはわかっていないのだな」

「わかっていれば、じっとここにはいないでしょう」

それはそうである。菊之助は、湯気の立つ湯呑みを一吹きして口をつけた。

その日は、ただ待つだけであった。

秀蔵は昨日に増して、長井に厳しい責めを与えて調べたらしいが、新たに得るものは何もなかった。菊之助は焦燥《しようそう》を募らせたが、ついに太陽が西に傾きはじめた。

夕七つ（午後四時）――。

一度南町奉行所に戻った秀蔵は、仲間の同心と小者に指示を与え、手配りを終えて菊之助に合流した。

「今夜は襲撃に備えての内密な探索ということになっている」

きりっと、表情を引き締めた秀蔵は、菊之助に会うなりそういった。つまり正式の捕り物出役《でやく》ではないということだ。賊の動きもわからず、襲撃があるかどうかも定かでないからである。

「それでこっちは何人いるんだ？」

菊之助もいささか緊張の面持ちで聞く。南町奉行所に近い、西紺屋町《にしこんやちよう》の一膳飯屋の片隅だった。

「おれを入れて同心三、小者六、五郎七と甚太郎。そしておまえと、次郎だ」

「すると十三人……」

菊之助は檽子格子の向こうを見た。数寄屋橋御門が西日を受けていた。寛二郎ともうひとりの小者は、安吉とお志津を守るために、源助店に張り込んでいる。

「数は多いほうがいいに決まっているが、今夜割ける人員はこれだけだ」

「北町の加勢は……？」

「ない」

秀蔵はきっぱりいってからつづけた。

「今夜やつらの襲撃があると、はっきりとした証拠をつかんでいるなら加勢もあるだろうが、ともかくおれたちだけでやるしかない」

そういってから秀蔵は、その夜の段取りを話した。

菊之助と次郎は、その話を神妙な顔で聞いていた。

いつになく真剣な顔で話をする秀蔵は普段と違い、着流しの下に麻裏の鎖帷子《くさりかた》子《びら》を着込み、そのうえに半纏《はんてん》をまとっている。下は股引《ももひき》に脚絆《きゃはん》、草鞋《わらじ》履きだ。本来の捕り物なら、それに籠手《こて》、脛《すね》あて、鉢金《はちがね》の鉢巻き、白木綿の襷がけであるが、そこまですれば物々しすぎて、目立つので、省いている。また両刀は帯びておらず、刃引きの長脇差一本だけだった。

「それじゃ、おれと次郎が殿の駕籠を追うということだな」

話を聞き終えた菊之助がいった。

「やってくれるか？　もちろん、その近くにも捕り方を、相手に気取《けど》られないようにつけてはおく。頼めるな」

秀蔵は目に力を込めて、菊之助と次郎を見た。

「いやだとはいえぬだろう。ここまできたら何でもやるさ」

「おいらも肚はくくっていますよ」

菊之助に呼応するように、次郎は頼もしいことをいう。

「それなら手はずどおりにやってもらおう。相手はどこに身をひそめているかわからぬが、くれぐれも気取られないように頼む。松平斉厚様は日が暮れる前に、上屋敷を出られるはずだ。早速、動いてくれ」


そのころ、田村作兵衛らは襲撃の支度を整え終え、車座《くるまざ》になって決意の盃を交わしたところだった。

そこは難波町の河野屋という質屋だった。目の前が竈河岸で、館林藩中屋敷は目と鼻の先にある。そして、藩主・松平斉厚はその竈河岸を抜けて、中屋敷に向かうものと思われた。

田村作兵衛以下は、鈴木房次郎、田中順之助、板倉鉄三郎、小林由之介である。

又吉はおゆうと一緒に二階奥の間に控えている。

「抜かるでないぞ。今夜が決着のときと思い、油断せずにことを全《まつと》うするのだ」

一同を見る田村は、白襷に鉢巻き、着物の裾を端折《はしよ》り、脚絆に草鞋履きという出で立ちであった。他のものも同じ恰好である。動きやすいように、鎖帷子、手甲《てつこう》などは一切つけていない。もとより討ち死に覚悟であるから余計なものはいらないのだ。

「鈴木、店のものを見てまいれ」

「は」

田村から指図を受けた鈴木は、質草を保管してある奥の間に行って、家人たちを眺めた。主夫婦と娘の三人である。猿ぐつわを嚙ませられ、後ろ手に縛られ身動きできないようにしてある。

三人の怯えた目が鈴木に向けられた。

「……危害を加えるつもりはない。目的を果たしたら、わたしらは静かにここを去る。しばしの辛抱だ」

主が猿ぐつわの間からくぐもった声を漏らしたが、意味は不明だった。

鈴木はその主を静かに眺めてから、音を立てないように襖を閉めた。それから廊下に立ち、雨戸を少し開けて、狭い庭を眺めた。宵闇が迫っていた。

それにしても、殿は思い切ったことを……。

胸中でつぶやく鈴木は、田村の考え出した計画に、またもや舌を巻いていた。中屋敷の近くに潜伏先を設けるとは思いもよらないことだった。しかし、考えてみれば、これは最善の策といえた。

長井の口から計画が漏れているなら、町方は上屋敷と中屋敷の途上に警戒の目を配るはずだ。まさか、質屋に身をひそめているとは思いもしないだろう。

雨戸を閉めて居間に戻ったとき、裏の勝手口の戸が叩かれた。全員が息を詰め、緊張感をみなぎらせた。

「角脇です」

表から押し殺した声が聞こえた。

板倉鉄三郎がホッと肩の力を抜き、戸を開けてやった。行商人に変装した角脇三衛門が滑り込むように入ってきて、田村を直視した。

「申しあげます。斉厚様はついさっき、御曲輪内の藩邸を出立《しゅったつ》されました」

「供の人数は？」

「駕籠がひとつ。小姓《こしょう》が二人、中間・小者が六人、供の侍が八人です」

「全部で十六人か。……こっちは、六人。機先《きせん》を制し、駕籠に殺到すればやれる」

そういった田村の目がきらりと光った。

「まもなく駕籠はこの店の前を通るであろう。みんな配置につけ」

田村の指図で、それぞれは前もって決めていた持ち場についた。

鈴木は二階にあがり、表通りを見下ろせる雨戸を少し開けた。さっきより闇が深くなっていた。目の前の竈河岸にも舟の出入りが見えなくなっている。河岸通りを歩く人足や町のものも少ない。

何としてでも今夜、思いを果たしたい。

鈴木は胸の内でつぶやいて、表通りに目を注ぎつづけた。

館林藩藩主・松平斉厚を乗せた駕籠は呉服《ごふく》橋を渡ると、一石《いっこく》橋に向かい、それから日本橋川に沿って江戸橋広小路に出た。宵闇は濃くなっているが、江戸の中心街なのでまだ人通りは絶えていなかった。

駕籠は何事もなく江戸橋、荒布《あらめ》橋、親父《おやじ》橋と渡り、葭町《よしちょう》を抜けると、右に曲がり、さらに一町《ちょう》（約一〇九メートル）ほど行って竈河岸の通りに出た。駕籠のまわりには、十六人の従者がついていた。

距離をとって、密かにあとを尾ける菊之助と次郎だが、緊張は否めない。菊之助は前を行く駕籠へ神経を配りつつも、周囲にも注意の目を向けていた。

町屋の路地や暗がりには田村一味と同じように、捕り方の連中が息をひそめているはずだ。さらに竈河岸の舟と、浜町堀に浮かぶ舟にも、秀蔵の手配したものが息を殺して隠れていた。

駕籠は竈河岸を抜けると、そのまま浜町堀沿いの道を下り、組合橋《くみあい》を渡って、難なく中屋敷に吸い込まれていった。拍子抜けするほどのあっけなさだった。

菊之助と次郎は竈河岸の途中で、路地に入り反対側の通りに出てから、再度浜町堀沿いの道に出て駕籠を見送ったのだった。

「何も起きませんでしたよ」

次郎がささやき声で、ホッとしたようにいう。

「まだ、わからぬぞ。帰りもあるんだ。それより、不審なものは見なかったか?」

「見なかったですね。菊さんは?」

「おれも見なかった。ともかく、今度は帰りだ」

六

星のちらつく空に、真珠色の月が浮かんでいた。満月から欠けはじめた月ではあるが、明るい光を地上に降らし、夜の闇を薄れさせていた。

菊之助と次郎は難波町にある長屋の木戸番近くの暗がりに身を置いていた。

ここの木戸番の番太《ばんた》は顔見知りで、深いわけも聞かず、気配りをしてくれた。冷たい風が吹き抜けるので、熱い茶を淹れ、蒸《ふ》かし芋《いも》の差し入れをし、親切にも風除けの葦簀を持ってきてもくれた。

二人は番太の厚意で寒さをしのぐことができた。葦簀の陰からは、浜町堀沿いの道が一望できる。斉厚一行が中屋敷を出れば、すぐにそれとわかるはずだ。

夜鴉《よがらす》の声がし、犬の遠吠えが夜空に広がっている。

「次郎、くどいようだが、おまえは決して手を出すな。相手は命を捨てる覚悟で襲撃をするはずだ。そんな輩《やから》にかかれば、どうなるかわからんからな」

「でも、菊さんは？」

「下手は踏まないつもりだ」

そうはいったが、どうなるかわからない。

頭の隅で、心配しているお志津のことを思った。今ごろ何をしているだろうか……。無事に帰ったら、めいっぱい可愛がってやろう。

すでに夜五つ半をまわっていた。

ときどき三味線の音や酔っぱらいの笑い声がするが、通りに人の姿はほとんどない。菊之助らの後方、橋のそばに小さな明かりがある。屋台のうどん屋の提灯だ。そこに二、三の人影があった。どうせ酔っぱらいの客だろう。

「今夜は泊まりになるかもしれないんですね」

次郎が河岸通りの先を見ながらいう。斉厚のことをいっているのだ。

「これ以上遅いとなれば、泊まりと考えてもいいだろう」

だが、そうではなかった。遠くに小さな明かりを見たのだ。それもひとつではない。その明かりは赤い蛍のようにいくつもある。しかも組合橋を渡って来るではないか。

「菊さん」

「うん」

菊之助は口の端に襷の一方をくわえて、肩にまわして結んだ。ついでに尻を端折る。

腰の刀の柄《つか》を握りしめ、下腹に力を入れた。

「次郎、油断するな」

「はい」

提灯の明かりはどんどん大きくなり、駕籠が見えた。従者たちの姿も、その提灯の明かりに浮かんでいる。

斉厚一行は遠江浜松《とおとうみはままつ》藩上屋敷を過ぎたところだ。もう菊之助のいる場所から、一町半（約一六四メートル）もない。一行は竈河岸の入り堀に架かる入江《いりえ》橋を渡れば、左に折れるはずだ。

菊之助と次郎は、近づいてくる一行を食い入るように見ていた。あたりに異変はない。ついに、駕籠が入江橋を渡った。

菊之助は刀の柄を握る手に力を込めた。やがて、駕籠は来たときと同じ経路をとるらしく、竈河岸のほうへ曲がって見えなくなった。菊之助が腰をあげて、隠れていた葦簀を出たのはそのときだ。そのまま、路地を抜けて河岸通りに出るのである。

二つ目の路地を抜けたとき、その先を通り過ぎる駕籠と、小者の持つ提灯が見えた。菊之助は足音を忍ばせながら、暗がりの路地を急いだ。

「や、曲者ッ！」

その声を聞いたのは、すぐだった。

菊之助は一瞬立ち止まったが、すぐに駆け出した。鯉口を切り、竈河岸通りに躍り出ると、刀を引き抜いた。

すでに乱闘になっていた。どこにそんな人がいたのだと思うくらいに、抜き身の刀を持ったものたちが暴れ回っていた。

あるものは舟のなかから、あるものは大八車の菰《こも》を払いのけて、そして町屋の屋根から飛び下りてくるものもいた。

秀蔵の手配した小者たちが、乱闘場になっている河岸通りを龕灯《がんどう》で照らしている。

菊之助はまっしぐらに駕籠に向かって駆けた。撃ちかかってくるものがいたが、その刃を払いのけて、駕籠の前で防御の体勢を整えた。

「町方の手先だ！」

斉厚の従者のひとりが撃ちかかってこようとしたので一喝して退けた。その相手は背後から襲いかかってくる男の撃剣《げきけん》をかわし、右腕を斬り飛ばした。

斬られた男は地面に倒れのたうちまわった。

「ぎゃあ！」

「かたじけない」

駕籠の護衛にあたっていた従者はそういうと、闇討ちをかけてきた狼藉者《ろうぜきもの》に襲いかかっていった。なかなか勇敢な男だ。だが、菊之助は悠長《ゆうちょう》に感心してはおれなかった。

「駕籠だ、駕籠を襲え！」

撃ちあう男たちのなかからそんな声がして、ひとりの男が飛ぶようにやってきた。駕籠のまわりにいた小者たちは、殺気をみなぎらせたその男を見ると、提灯を放り投げて逃げていった。菊之助は青眼に構えて、男と対峙した。

「駕籠には指一本触れさせせぬ」

「どけッ！」

男は全身に気迫をみなぎらせて間合いを詰めてくる。人相書になかった男だ。

当然、菊之助は知らなかったが、これは小林由之介であった。

いきなり小林が袈裟懸けに撃ちかかってきた。菊之助は右足を踏み出すなり、腰間から刀をすくいあげるように振り抜いた。両者はすれ違っただけで、刀を触れ合わせることもできなかった。

同時に振り返って構え直した。菊之助は平青眼に、小林は左胸をがら空きにさせた恰好で、刀の切っ先を右下方に向けた脇構えだ。

できる、と菊之助は思った。こやつはなまなかな腕ではない。それに、人を斬ったことがあるはずだ。何より、ぎらつかせる眼光に、人を斬ったものでなければない、暗い光を宿している。

じりっと、間合いを詰めた菊之助は、一寸ほど横に動き、下段の構えに変えた。捕り方と従者の人数が多いので、襲撃者の邪魔は入らない。

「たあっ!」

小林は気合を発すると、横殴りに撃ちかかってきた。菊之助は撃ち込まれてきた太刀をすりあげ、そのまま横に弾いた。小林は右の壁に体をぶつけ、積んであった薪束《まきたば》をがらがらと崩した。

間髪容れず追い打ちをかけたが、小林はそばの薪ざっぽうを手にすると、投げつけてきた。菊之助は危ういところでかわしたが、その隙に小林は一方に逃げ去り、さらに路地に駆け込んだ。菊之助は俊敏に追いかけ、その背に一太刀浴びせた。

「うわっ！」

小林は万歳をする恰好で路地に倒れ、両手の爪で地面を掻いた。死に至るほどの傷は負わせていない。菊之助は次郎に声をかけた。

「こいつを縛っておけ」

そういいつけると、急いで駕籠の前に駆け戻った。そのときにはほとんど決着がついていた。通りには倒れたままうめいているものや、そのまま身動きしないものがいた。

秀蔵がひとりの男の襟首をつかんで、地面に突き倒した。人相書にあった田村作兵衛だった。肩口を斬られ、背中を波打たせて荒い息をしていた。すぐさま小者が、田村に早縄を打った。

「殿を」

秀蔵の声で、斉厚の従者が駕籠を見た。だが、それ以上のことをしようとしない。

「何をしておる。殿の無事をたしかめるのだ」

駕籠の簾《すだれ》を開けたのは、苛立ち、怒鳴るようにいった秀蔵だった。その瞬間、秀蔵も菊之助も「あ」と、短い声を発して目を丸くした。

駕籠は空っぽだったのだ。

「菊さん！」

次郎の声が路地奥から聞こえた。さらに賊が逃げますという声。

菊之助は顔色を変えて、駆けだした。もしや、さっきの男が息を吹き返したのではないかと思ったが、そうではなかった。その男は、足をよろめかせながら逃げていた。それを、十手を振りあげた次郎がつかず離れずの恰好で追っていた。

男は浜町堀沿いの道に出ると、転げるように道に倒れ込み、そのまま手にしていた刀を自分の腹に突き立てようとした。

早まられてはならないと思った菊之助は、とっさに腰の空鞘《からざや》を引き抜くと、男めがけて投げつけた。鞘はくるくると夜の闇を飛んでいって、男の左こめかみのあたりに見事命中した。あっ、と男は短い声を発して、横に倒れた。即座に近づいた菊之助がその首に刀を突きつけ、刀を持つ男の腕を踏みつけた。

「観念するんだ」

「見事だ。よくぞやった」

背後から声がかかった。額に汗を噴き出している秀蔵だった。

地面に伏しているのは鈴木房次郎だった。足掻《あが》くように殺せといったが、菊之助も秀蔵も相手にしなかった。鈴木は、遅れてやってきた小者に縄を打たれ、ようやく観念した。

そのとき、息を切らせて日向金四郎《ひなたきんしろう》がやってきた。秀蔵配下の若い定町廻り同心だ。

「田村たちが潜伏していた家が判明いたしました」

「どこだ？」

「すぐそこの河野屋という質屋です。今、店のまわりを囲み終えました」

「よし、行こう」

菊之助は秀蔵を追って、河野屋に急いだ。皮肉なことだが、河野屋は徳衛が長火鉢を買うために、おあきの反物を入れた店だった。

河野屋を取り囲んだ捕り方たちは店のなかに声をかけていたが、返事はない。

秀蔵は戸口に近づくなり、

「手を焼いている場合ではない」

というなり、戸板を蹴倒した。バリーンと大きな音を立てて戸板が倒れると、御用と書かれた弓張《ゆみはり》提灯を持った捕り方たちが店のなかに雪崩《なだれ》を打って入った。

すぐに、こっちですという声がかかった。

そこは奥座敷で、おゆうの首に短刀をあてがった男が立てこもっていた。そばには体を縛られている店のものがいた。

菊之助はおゆうを盾にとる男をにらみつけた。人相書にあった小者の又吉だ。

「子供に罪はない。放せ」

秀蔵を差し置いて、菊之助が前に出た。又吉は尻をすって後ろに下がった。

「来るな」

「仲間は全員捕まったのだ。神妙に縛《ばく》につくが利口だ。おゆうをこっちに寄こすんだ」

怯えているおゆうの目が、必死に助けを求めていた。

「く、来るな。来るんじゃない」

菊之助はかまわずに近づいた。おゆうを盾にした又吉は、壁に背を預けて震えた。

「さあ、刃物をこっちに寄こすんだ」

「い、いやだ」

と、又吉が首を振ったとき、菊之助はかまわずに張り手を飛ばした。屋内に頰を打つ音が響き渡った。その刹那《せつな》、菊之助は又吉の腕をつかみ取り、そのままねじ伏せた。同時に又吉は、そばにいた捕り方たちに、しっかり体を取り押さえられた。

菊之助は瘧《おこり》にかかったように震えているおゆうを見た。

「おゆう、もう大丈夫だ。さあ、こっちへ」

両手を差し出すと、おゆうは「おじちゃん！」と声をあげて、菊之助の胸に飛び込んできた。菊之助はしっかり受け止めて抱きしめた。

「もう大丈夫だ。もう何も心配することはない」

菊之助は、おいおいと泣きはじめたおゆうの背中をやさしく叩いてやった。

七

それから二日後の氷雨の降る寒い日だった。菊之助の家を訪ねてきた男と女がいた。

男は徳衛の弟で徳次《とくじ》といい、女は女房のおそねだった。

これは昨日、菊之助が品川まで足を運び、ことの真相を話し、残された二人の子供のことを相談した結果だった。

品川宿の外れで小さな旅籠《はたご》を営んでいる徳次と女房のおそねには、子供がなく、

「事情はよくわかりました。そういうことでしたら、手前のほうで引き取り、兄夫婦の代わりに面倒を見たいと思います」

と、そのように徳次は返事をしていた。

菊之助とお志津に招き入れられた夫婦は、差し出された茶に口もつけず、

「この度は御番所の方にも荒金様にも、ご面倒をおかけいたしました。不幸なことになってしまった兄夫婦に成り代わり、厚く御礼申しあげます」

徳次とおそねは丁重な挨拶をした。

「そんな礼をいわれるほどのことはない。わたしは同じ長屋のよしみで、あの家族を捜していただけだ。しかし、あの子らに親の不幸をどう話せばよいか……心を痛め、頭を悩ませているんだが、何かよい知恵はないだろうか……」

菊之助はその件に関して、昨日からお志津と相談していたが、いまだこれといったいい考えが浮かんでいなかった。

「そのことでしたら、手前どものほうから頃合いを見て話したいと思います。怖い目にあったあとでしょうし、心にもその傷が残っていると思います」

「でも、こういうことは早めに教えたほうがよいような気もするのですが……」

徳次の言葉を受けて、お志津がいった。

「そのことも道々考えてきましたが、やはり少し間を置いて、ゆっくり落ち着いたときに話したほうがいいと思うのですが……いかがでございましょうか」

「これから面倒を見る徳次さんがそういうなら、まかせていいのではないか」

菊之助は思い悩んでいるお志津を諭すようにいった。

「みなさんがそうおっしゃるのであれば、それがよいのかもしれませんね」

お志津はまだ何かをひきずっている顔ではあったが、そういった。それから安吉とおゆうを呼びに行った。

「あれ？　おじちゃん、おばちゃん」

戸口を入るなり、安吉は徳次夫婦に気づいて、目を丸くした。よちよち歩きのころから徳次の家に遊びに行っているので、お互いによく知っているのだ。

「おばちゃん、うちのおとうとおっかあを知らない？」

おゆうが框にあがってから聞いた。

これには、おそねがやさしい微笑みを浮かべてから答えた。

「おとっつぁんとおっかさんはね、大事な用があってしばらく遠くに行っているんだよ。それで、うちで預かってくれと頼まれてね、こうやって迎えにきたんだよ」

「遠くってどこ?」

おゆうは澄んだ瞳をまっすぐおそねに向けたが、安吉は何だかがっかりした顔でうなだれた。菊之助はこのとき、安吉が薄々感づいてると思ったが、黙って見守るしかなかった。

「あとでゆっくり教えてあげるよ」

おそねは、おゆうにそう答えた。

それからしばらくして、安吉とおゆうは氷雨の中を徳次夫婦に連れられて源助店を出ていった。

木戸の前で見送った菊之助とお志津は、四人の姿が見えなくなるまでそこに立っていた。

「さあ、帰ろうか……」

菊之助がそういってお志津をうながすと、

「あの子たち、持たせたお饅頭食べてくれるかしら……」

ぽつんと、つぶやいたお志津の頬を涙がつたっていた。饅頭は秀蔵のために買っておいたのだが、菊之助が思いつきで安吉とおゆうに渡していたのだった。

その秀蔵が訪ねてきたのは、菊之助が仕事場に入って久しぶりに研ぎ仕事に専念している昼下がりのことだった。

「ちょいとその辺まで出ないか」

顔をのぞかせるなり、秀蔵はそういった。

よかろうと応じた菊之助は、汚れた前掛けを外して表に出た。しばらく行ってから菊之助は、安吉とおゆうのことを話した。

「そうか……。徳衛の弟夫婦だったら安心してまかせられるだろう」

「しっかりしている夫婦だから、お志津も胸をなで下ろしていた。それでそっちの仕事は片づいたのか？」

「すべてが終わったわけではないが、あとはおれの仕事じゃない。御奉行の裁きが下るのを待つだけだ」

捕縛されたのは田村作兵衛、鈴木房次郎、小林由之介、そして又吉の四人だった。あとのものは竈河岸で深手《ふかで》を負って果てていた。

「これは耳にしたことだが、どうやら田村作兵衛は藩内の謀略にはまっていたようだ。御留守居役の長谷川資宗を暗殺しているが、藩の一部のものは田村たちを義賊といっているらしい。松平斉厚様もそのことに気づかれ、胸を痛めているという話も聞こえてきた」

「ならば、田村は奸計《かんけい》にはまっていたというわけか……。だが、たとえそうだったとしても、何の罪もない徳衛一家を不幸に追いやったのはやつらだ」

「……たしかに」

どこへ行くあてもなかったが、菊之助の足は自然に堺町のほうに向かっていた。秀蔵も何もいわずに従っている。

「徳衛とおあきを殺した下手人のことがわかった」

「誰だ？」

「二人とも板倉鉄三郎の仕業だった。田村や鈴木が止めるのを聞かず殺したという」

「何ということを……」

菊之助は唇を嚙んで首を振った。それから、ふいに立ち止まってあの茶店に入ろうと、一方を示した。そこは芝居町として栄えている堺町の一画だった。そばには、江戸三座《さんざ》のひとつ中村座《なかむら》がある。

菊之助は茶店のなかには入らず、表の長腰掛けに座った。それから店の名物の饅頭が届くまで、茶を飲んで待った。秀蔵は小栗坂の横井新兵衛が見つからないことと、田村たちが安吉とおゆうを使って中屋敷に送り込む計画をしていたことを話した。

「つまり、子供を餌に小林由之介を刺客として送り込むつもりだったのだ」

「だから安吉は、武家の子として育てるといわれたのか……」

「そういうことだ」

「しかし、わからないことがひとつある。松平斉厚様はなぜ駕籠に乗っておられなかった」

菊之助の疑問に秀蔵はあっさり答えた。

「中屋敷に行く道すがら、殿様はいやな胸騒ぎを覚えられたそうだ。それで、あの晩は一泊することにして、供のものたちを帰したということだった。だが、本当は未然に田村たちの動きを、どこかから耳にされていたのかもしれぬ。……真相はわからぬがな」

小女が、注文した饅頭を持ってきた。

「遠慮せず食え」

「もしや……」

秀蔵が目を丸くして菊之助を見た。

「そうさ、これがお志津お気に入りの饅頭だ。じつはおまえのために買っておいたのだが、安吉とおゆうに持たせてやった」

「そうか……いや、それじゃ遠慮なく頂戴する」

甘いものに目のない秀蔵は、早速饅頭を頰ばった。

菊之助は晴れた空を見あげ、安吉とおゆうのことを思った。

「……父恋しかろう、母恋しかろう。饅頭の味などしないだろうな」

そうつぶやいた途端、我知らず目頭が熱くなってしまった。

「どうした菊之助、食わないのか?」

菊之助は秀蔵から顔をそむけた。

「おまえが食え」

「そういうなら遠慮はしないぞ」

「ああ、いい。食ってくれ」

「菊之助。……おい、菊之助」

「なんだ?」

「こっちを向け」

菊之助はそっと目尻を拭いてから、顔を戻した。

真剣な目をしていた秀蔵は、端整な顔をふっとゆるめた。それから懐からひとつかみの金包みを出して、菊之助に握らせた。感触で十両だろうと、菊之助は思った。

「おれからの酒手《さかて》だ」

「遠慮なくもらう」

菊之助は懐に金をしまった。

「……菊之助」

「なんだ？」

「おれはな、おめえのやさしさが好きなんだ。これからも役に立ってもらうぜ」

「ふざけたやつだ」

「おめえの褒美は、殊《こと》の外《ほか》うまい」

そういって饅頭を頬ばる秀蔵を見て、菊之助はにぎやかな通りを眺めた。店先に立てられた幟《のぼり》が気持ちよさそうに揺れていた。幟には、「名物　恋饅頭」という文字が染め抜かれていた。

「……恋饅頭か……」

つぶやいた菊之助は、お志津に饅頭を買って帰ろうと思った。

そのとき、中村座からにぎやかな囃子《はやし》が聞こえてきた。太鼓と笛の音は、澄みわたった初冬の空に広がっていった。

二〇〇七年八月光文社文庫刊

光文社文庫

長編時代小説

兄妹《きょうだい》氷《ひ》雨《さめ》　研《と》ぎ師《し》人情《にんじょう》始末《しまつ》(五)　決定版

著者　稲《いな》葉《ば》稔《みのる》

2020年6月20日　初版1刷発行

発行者　鈴木広和
印刷　堀内印刷
製本　フォーネット社

発行所　株式会社　光文社
〒112-8011　東京都文京区音羽1-16-6
電話 (03)5395-8149　編集部
8116　書籍販売部
8125　業務部

落丁本・乱丁本は業務部にご連絡くだされば、お取替えいたします。

ISBN978-4-334-79044-8　Printed in Japan

組版　萩原印刷

稲葉 稔
「研ぎ師人情始末」決定版

人に甘く、悪に厳しい人情研ぎ師・荒金菊之助は
今日も人助けに大忙し——人気作家の〝原点〟シリーズ！

㈠ 裏店《うらだな》とんぼ★
㈡ 糸切れ凧《だこ》★
㈢ うろこ雲★
㈣ うらぶれ侍★
㈤ 兄妹《きょうだい》氷雨《ひさめ》★
㈥ 迷い鳥
㈦ おしどり夫婦
㈧ 恋わずらい
㈨ 江戸橋慕情
㈩ 親子の絆
(十一) 濡れぎぬ
(十二) こおろぎ橋
(十三) 父の形見
(十四) 縁むすび
(十五) 故郷《さと》がえり

★は既刊

光文社文庫